LA GOURMANDISE
DE GUILLAUME APOLLINAIRE

Paru dans Le Livre de Poche :

LE BAL DU DODO

LA PETITE MAIN

GENEVIÈVE DORMANN

La Gourmandise de Guillaume Apollinaire

PRÉFACE DE JEAN DÉRENS

ALBIN MICHEL

Édité par Arnaud Seydoux

Pour May

P
eti
TE
bou
teille
où mons
ieur Ba
ty cons
erve l'
antique
NECTAR

PRÉFACE

Si Mlle Geneviève Dormann écrivait un jour ses mémoires, elle raconterait sans doute ses rencontres avec des auteurs contemporains. Le lecteur y verrait une foule d'observations, de remarques et d'anecdotes cocasses, cruelles, attendries, émues, scandaleuses ou édifiantes, car elle sait susciter la confiance et provoquer la bravade, la confidence ou l'aveu ; elle a bon œil et bonne mémoire et raconte lestement. Mais je doute fort qu'on y trouverait une trace de la moindre conversation théorique sur l'avenir de la littérature, la place ou le rôle de l'écrivain dans le monde ou l'évolution de l'écriture. Car, dans une rencontre, ce qui l'intéresse, c'est la personne elle-même, sa manière de vivre, ses séductions et ses faiblesses, son humour ou sa sottise, ses amitiés et ses haines.

Si, par exemple, elle a connu mieux que personne Blondin ou Nimier, elle les fait revivre, quand elle parle d'eux et donne d'extraordinaires éclairages sur ses deux amis, en racontant leurs jeux, leurs farces, leurs aventures dont le cadre pouvait être un match international de rugby, un bar, un hôtel, une sérieuse maison d'édition, un dîner mondain, un hôpital, une bagarre ou les déambulations nocturnes dans Paris, incessamment reprises.

Elle n'encombre son récit d'aucun commentaire,

d'aucune note littéraire ou psychologique. C'est la vie même de ces deux personnages qu'elle nous restitue.

C'est exactement de la même démarche qu'elle va, dans le présent livre, La Gourmandise de Guillaume Apollinaire. *Après avoir raconté, sur le mode de « ce vice* oublié, *la lecture... », la découverte clandestine et éblouie qu'elle fit, au collège, des poésies d'Apollinaire, grâce à une amie, May, à qui ce livre est dédié, Mlle Dormann évoque la quête incessante qu'elle mène depuis ce jour, dans les rues de Paris :* « depuis des années, je traque ce qui reste de son ombre, de ses ondes et de ses gestes » *; le lecteur se souviendra de Bénédicte, dans* Le Bal du dodo, *qui partage cette passion et s'efforce de rendre vivante l'image du poète auquel elle consacre son diplôme.*

Mlle Dormann ne veut pas seulement « tout savoir de lui, de ses élans, de sa vie si brève... » *ce qui, après tout, est le propos de tout historien de la littérature, elle veut se créer une véritable intimité physique avec Apollinaire :* « cultiver le fantasme de l'inviter à dîner pour partager avec lui le plaisir de la gueulardise, après celui des mots ».

Il faut savoir que Mlle Dormann est une sorcière. Elle ne s'en cache pas, elle le proclame. Elle perçoit les traces que les êtres chers ont laissées, elle sent des présences invisibles, elle est en communication avec un autre monde, rempli de signes mystérieux. J'étais avec elle quand elle a pénétré pour la première fois, dans l'appartement du boulevard Saint-Germain ; elle raconte dans son introduction tout ce qu'elle y a retrouvé, qu'elle connaissait par les livres de Billy, de Rouveyre et d'autres. Une visite chez Apollinaire : pour elle, il était bien présent. Et c'est la vue de la modeste cuisinière, le luxe du poète, qui lui a inspiré l'idée de ce livre.

Mais ce livre n'est pas seulement un Apollinaire cuisinier et gourmand. Au terme d'innombrables lectures et d'une véritable enquête historique, Mlle Dormann nous invite à la plus gaie des promenades dans Paris, dans les rues, les cafés, les bouillons, les restaurants, les cercles littéraires, chez les amis, les écrivains, les artistes, les peintres, dans une fête qui n'en finit pas, malgré la médiocrité des finances des uns et des autres. L'érudition la plus aiguë, par le miracle de l'écriture, produit la plus vivante des chroniques, telle qu'un ami d'Apollinaire aurait pu l'écrire au présent et, sur la grande photographie d'Apollinaire qu'elle a placée sur sa cheminée, Mlle Dormann peut bien voir maintenant un éclair de connivence dans les yeux du poète : elle est entrée dans son intimité comme elle est devenue, par la lecture, le cœur et l'intuition, une Parisienne de ce Paris littéraire et bohème de la Belle Époque et de la Guerre. Merci à elle d'accepter de nous dévoiler ses secrets et de nous faire partager cette expérience.

Jean DÉRENS

PROLOGUE

Un après-midi du printemps 1949, deux adolescentes de belle allure, acagnardées au dernier rang d'une classe du lycée La Fontaine, faisaient semblant de suivre un cours de ces mathématiques auxquelles elles étaient résignées à ne jamais comprendre rien. En revanche, elles occupaient ces heures de cours inévitables en lectures aussi clandestines que variées. L'une des deux cancresses se nommait May Monteux ; l'autre, c'était moi.

Les livres, ces silencieux complices de nos évasions quotidiennes, se glissaient dans nos poches et dans nos cartables. Nous lisions à nous en fondre les yeux, dans les autobus, le métro ou à la lueur d'une lampe électrique, quand avait sonné l'heure familiale du couvre-feu. Ces livres, nous nous les échangions quand notre argent de poche s'y était épuisé. Quelquefois, nous en volions, ce qui était un sport à la mode chez les adolescents de ce temps-là. Que les libraires de nos quinze ans nous pardonnent !

Nous avons, avec les livres qui bouleversent notre vie, des rendez-vous mystérieux et les meilleures rencontres résultent plus souvent d'une suggestion affective que d'un programme scolaire. Les livres que j'aurai le plus aimés me sont presque toujours venus d'un amour ou d'une amitié.

May, ma voisine de table et ma meilleure amie, était

tombée à point dans ma vie : elle aimait la poésie que je connaissais mal étant, plus qu'elle, férue de romans. Cet après-midi-là, May me glissa un petit livre intitulé *Alcools* d'un certain Guillaume Apollinaire.

Un poète ? Je me méfiai. Depuis que nous savions lire, la poésie que nous dispensait la prudente Éducation nationale m'avait toujours paru plus grotesque qu'émouvante. Choisis par d'universitaires badernes qui s'étaient apparemment juré d'assommer notre enfance par l'ennui et de nous détourner à jamais de cette forme littéraire, les poèmes qu'on nous faisait apprendre par cœur étaient d'une platitude confondante. Outre les plus classiques tirades du père Hugo sur son papa au sourire si doux ou Caïn et ses enfants vêtus de peaux de bêtes fuyant Jéhovah, on nous infligeait ce que les Parnassiens avaient produit de plus accablant. Exemple : un sonnet de Sully Prud'homme sur un vase fêlé où crevait une verveine assoiffée ; ou le rêve exotique d'un jaguar roupillant :

« Sous les noirs acajous des lianes en fleurs
Dans l'air lourd, immobile et saturé de mouches... »
(Leconte de Lisle)

Il y avait aussi le plâtras d'Auguste Barbier (1805-1882), intitulé *L'Idole* et qui apostrophait ainsi Napoléon :

« Ô Corse à cheveux plats que la France était belle
Au grand soleil de Messidor... »

Quant au sonnet de José Maria de Heredia à la gloire de saint Joseph, son seul titre, *Le Huchier de Nazareth* nous faisait ricaner avant de nous faire bâiller sur la première strophe, truffée de cuistres mots :

« Le bon maître huchier pour finir un dressoir
Courbé sur l'établi, depuis l'aurore ahane
Maniant tour à tour le rabot, le bédane
Et la râpe grinçante et le dur polissoir... »

De la poésie, ça ? Pas le moindre Rimbaud à l'horizon ni Verlaine, ni la plus petite *Charogne* de Baudelaire. Musset lui-même devait être suspect. À peine citait-on, dans nos manuels, ces maudits qui avaient trop défié les bonnes mœurs pour qu'on s'aventurât à mettre leurs élucubrations sous nos yeux réputés innocents.

Avec Apollinaire, au contraire, l'enchantement commença dès la première page, dès les premières lignes de *Zone* :

« À la fin tu es las de ce monde ancien
Bergère ô tour Eiffel le troupeau des ponts bêle ce [matin... »

Par la grâce de ce Guillaume-là, la musique, enfin, jaillissait des mots et l'émotion et la fantaisie. Celui-là, enfin, savait dire la mélancolie des... « *souvenirs qui sont cors de chasse* », la brièveté déchirante des amours qui coulent comme la Seine sous le pont Mirabeau, les yeux couleur d'ancolie « *... et ma vie pour tes yeux lentement s'empoisonne* ». Tandis que là-bas, très loin, au bout de la classe, le tableau se couvrait d'équations barbares, je lisais, fascinée par ces mots que j'aurais tant aimé avoir écrits :

« Voici le paquebot et ma vie renouvelée
Ses flammes sont immenses
Il n'y a plus rien de commun entre moi
Et ceux qui craignent les brûlures. »

Que le nom de May soit à jamais béni pour le bonheur de cet après-midi-là, pour la découverte de ce poète qui m'accompagne depuis, dans les rues de Paris et dans ma vie ; ce Guillaume avec qui j'aurai été, au moins, de deux paroisses : celle d'Auteuil et celle du faubourg Saint-Germain. Merci pour la rencontre posthume de ce jeune homme rieur qui, par la grâce d'un obus et d'une grippe espagnole, n'aura pas eu le temps de devenir une potiche littéraire. Merci pour ce mélancolique truculent, ce médium, cet éternel amoureux éternellement mal aimé dont je partage, entre autres choses, la gourmandise.

Depuis des années, je traque ce qui reste de son ombre, de ses ondes, de ses gestes. Parfois, il est si présent que, passant devant *Le Flore*, je l'entends rire, de ce rire fusant, formidable, communicatif qui demeura longtemps après sa mort dans le souvenir de tous ses amis. Je le vois traverser la rue Christine, le boulevard Montparnasse ou la rue Ravignan, à Montmartre. Il glisse avec le flot des voitures sous le pont Mirabeau, il monte le Boul'Mich', hante les alentours de la gare Saint-Lazare et s'attarde, les dimanches matin, près des étals des marchands de fruits, au marché de Buci.

Je veux tout savoir de lui, de ses élans, de ses amours, de sa vie si brève et je ne cesse, depuis des années, d'interroger à son sujet, ses amis morts, les Salmon, les Max Jacob, les Picasso, les Rouveyre. Parfois, il m'échappe lamentablement. Comment ai-je pu passer des mois, au *Figaro littéraire*, dans le bureau même d'André Billy, ce vieux monsieur grognon qui m'intimidait, sans savoir qu'il avait été un ami intime de Guillaume, dont il aurait pu me parler si je l'avais interrogé ? Je ne m'en consolerai jamais, moi qui cherche aujourd'hui, à travers les écrits de ce même Billy — souvent difficiles à trouver — les échos de leur jeunesse, de leurs farces et de leurs émotions.

J'ai manqué aussi Louise de Châtillon-Coligny dont Guillaume fut si brièvement mais si passionnément proche, cette Lou frivole qui l'aima si mal, cette fofolle snob, fumeuse d'opium qu'il avait rencontrée à Nice, au début de la guerre de 1914. Si elle ne valait pas l'amour fou de Guillaume, elle aura du moins suscité les lettres les plus déchirantes et les plus érotiques, écrites par Apollinaire sur le front de Champagne, en 1915. Lou est morte à soixante-dix-huit ans, en 1963 seulement. Je ne connaîtrai que sa tombe, au cimetière du Trocadéro, mais je pense à elle et à Guillaume, quand je traverse cette curieuse rue de l'Alboni qui domine la Seine, où Lou termina sa vie misérablement, après avoir vendu les lettres de Guillaume, pour subsister.

Combien de fois me suis-je arrêtée devant le 202, du boulevard Saint-Germain, dernier domicile de Guillaume, où il mourut à trente-huit ans. Une plaque raconte tout ça, sur le mur de sa maison et, pendant des années, j'ai rêvé de franchir la porte, au sommet de l'immeuble, de ce qu'il appelait son « pigeonnier ».

Finalement, ce plaisir m'a été offert en 1989, par mon ami Jean Dérens [1] qui était justement sur le point d'acheter à son héritier, la bibliothèque de Guillaume Apollinaire.

Visite émouvante que celle de ces minuscules pièces en enfilade où presque rien n'avait changé depuis la mort de Guillaume. Rien, à part les tableaux offerts par ses amis, Picasso, Derain, Vlaminck, Braque ou Marie Laurencin, dispersés par les héritiers et dont l'absence se signale par des clous qu'on a oublié d'ôter ou des décolorations sur le papier des murs qui n'a pas été changé.

Le mot appartement est bien pompeux pour ce gîte de pauvre aux fenêtres, pour la plupart, mansardées. Si humble logis qu'un très chic hebdomadaire, ayant envoyé un photographe pour fixer les images de ce lieu illustre — l'appartement d'Apollinaire, quel *scoop* ! — renonça finalement à publier le reportage, estimant sans doute que la modestie des lieux aurait déçu ses lecteurs, habitués à trouver dans ses pages de plus somptueuses décorations.

Ce « pigeonnier », je le *reconnus* pour en avoir si souvent lu la description. Tout était là : l'escalier raide, la

1. Conservateur en chef de la Bibliothèque historique de la Ville de Paris.

sonnette en passementerie, à droite de la porte d'entrée où André Breton se souvenait d'avoir vu, imprimé sur un bristol : ON EST PRIÉ DE NE PAS EMMERDER LE MONDE ; et le judas, dans le mur, pour voir, discrètement, qui sonne à la porte : précautions prises à cause de la mère du poète Louis de Gonzague Frick, condisciple de Guillaume au Collège Saint-Charles de Monaco. Cette dame qui couvait son fils et craignait pour lui les mauvaises fréquentations, avait pris la détestable habitude de débarquer à l'improviste, chez Guillaume, pour gémir, raconter ses craintes et ses malheurs. Guillaume la redoutait comme la peste car, une fois là, elle s'incrustait et il fallait toutes sortes de palabres pour la faire partir.

J'ai reconnu le lit de Guillaume, dans la plus grande des pièces, et la cheminée dans laquelle, écrivait-il à Lou, il entendait la rumeur du vent. Qui regarde, à présent, ce tableau bleu et ocre qui représente deux femmes enlacées, peint par Picasso en 1905 et dont il avait fait cadeau à Guillaume, très intéressé par ces amours-là ? Picasso avait appelé ce tableau *L'Étreinte* et Guillaume le regardait, de son lit. Aragon et Breton, bizarrement, y virent un homme et une femme et appelaient ce tableau *Les Amants*.

La table où écrivait Guillaume, dans son minuscule cabinet de travail était à sa place et, dans la pièce suivante, sorte de cuisine-cabinet-de-toilette restait la baignoire, posée sur une rampe à gaz. En face, près d'un évier, une petite cuisinière : deux feux et un four, en émail bleu-vert, sur laquelle Guillaume devait mitonner les repas qu'il aimait faire lui-même, pour ses amis.

C'est de ce petit fourneau et aussi des manuels de cuisine que Guillaume collectionnait chez les libraires d'occasion que m'est venue l'envie d'écrire ce livre sur la gourmandise d'Apollinaire signalée par tous ceux qui l'ont approché. Doué d'un appétit formidable, gourmand, gourmet et même goinfre, Guillaume était obsédé par la nourriture comme peut l'être un jeune homme pauvre à une époque et dans une ville où la cuisine et ses raffinements eurent une importance considérable.

Les intellectuels dignes de ce nom, les gens de lettres sérieux jugeront sans doute frivole et même vulgaire d'avoir fait des recherches et de consacrer des pages à la gourmandise d'un poète, au lieu d'entreprendre une exégèse de son style. On me dira peut-être qu'il aurait été plus important pour la culture, de gloser sur la forme de ses poèmes ou les sources de son inspiration, que d'apprendre à ses lecteurs que Guillaume Apollinaire avait une passion pour la saucisse corse et n'aimait pas la viande saignante.

Peut-être. Mais si ni les biographes ni les exégètes n'ont manqué à Apollinaire, je crois être encore la seule — parce que je suis femme et gourmande, fascinée aussi par son personnage — à cultiver le fantasme de l'inviter à dîner pour partager avec lui le plaisir de la gueulardise, après celui des mots.

Je pense au philosophe et historien Bayle, dont Guillaume et Toulet, entre autres, lisaient le *Dictionnaire historique et critique* avec un plaisir inaltérable, qui évoquait « la passion de connaître jusqu'aux moindres particularités des grands hommes ». Et puis, savoir ce que Guillaume Apollinaire aima boire, manger, fumer, où et avec qui, entre 1900 et 1918, est peut-être une façon de répondre au vœu qu'il exprima dans cet *Alcools* qui émerveilla mes quinze ans :

« Hommes de l'avenir, souvenez-vous de moi. »

Geneviève DORMANN

« Pas d'amour maintenant ma poule
Sers-nous un bon petit repas. »

Guillaume APOLLINAIRE

L'INDÉCHIFFRABLE ÉNIGME

La gourmandise a souvent un lien avec l'enfance et avec la mère, premier élément nourricier d'un être humain. La gourmandise notoire de Guillaume Apollinaire procède à la fois de son enfance méridionale et de sa mère, Angélica de Kostrowitsky. Il y a un lien, aussi, quand la gourmandise va jusqu'à la goinfrerie — ce qui fut parfois le cas de Guillaume — avec un besoin de compenser un déséquilibre et une angoisse affective. Or Wilhelm de Kostrowitsky, dit Guillaume Apollinaire, né à Rome en 1880, d'un père officiellement inconnu et d'une mère, dont le moins qu'on puisse dire est qu'elle ne sera jamais une personne de tout repos, Guillaume aura une vie d'enfant et d'adolescent plutôt vagabonde et mouvementée.

Mais revenons à la mère. Elle est la fille d'une Italienne et d'un comte polonais, exilés à Rome après l'annexion de la Pologne par la Russie. À Rome, le grand-père maternel de Guillaume est colonel de la garde papale. Très vite il se séparera de sa femme et s'occupera, seul, de sa fille unique, Angélica.

À la naissance de Guillaume, Angélica a vingt-deux ans mais, belle et extravagante, elle a déjà un passé agité. Renvoyée à seize ans, pour indiscipline, du Collège des Dames françaises du Sacré-Cœur qui éduquent les filles de l'aristocratie romaine, elle se fait enlever par un certain Francesco Flugi d'Aspermont, noble Italien de plus de vingt ans son aîné et qui est un ancien officier de l'armée royale des Deux-Siciles. On suppose qu'il aura peut-être été le père de Guillaume, si ce n'est celui de son frère Albert, né deux ans plus tard. Quoi qu'il en soit, d'Aspermont ne reconnaîtra pas les enfants et n'épousera pas leur mère. Sa famille se contentera, de loin, d'aider financièrement, pendant quelques années, à l'éducation des enfants. Angélica reconnaîtra et élèvera, seule, ses deux fils. Et pendant ses cinq premières années, Guillaume ne s'exprimera qu'en polonais et en italien.

Cependant, la belle Angélica mène une vie de patachon à travers l'Europe, fait la fête et, joueuse effrénée, hante les casinos. En même temps, elle veille à l'éducation de ses enfants.

En 1887, elle les emmène à Monaco où Guillaume entre au Collège Saint-Charles. Il y fera de bonnes études qu'il poursuivra à Cannes, au Collège Stanislas en 1896, puis au lycée de Nice qu'il quittera, sans avoir son bac, après sa rhétorique.

Deux ans plus tard, Angélica vit avec un nouvel amant, Jules Weil, de onze ans plus jeune qu'elle. Par souci des convenances, elle le fait passer pour l'oncle de ses fils. Elle entraîne tout son petit monde à Aix-les-Bains puis à Lyon, enfin à Paris où elle s'installe provisoirement dans un hôtel meublé. L'été venu, Angélica décide d'aller tenter sa chance dans les casinos belges. Elle laisse ses deux fils dans une pension de famille des environs de Spa, pour le temps des vacances. Mais comme on lui refuse l'entrée du casino, elle quitte la Belgique et regagne Paris avec Weil.

Guillaume a dix-neuf ans, son frère dix-sept. Ils s'entendent bien et passent d'agréables vacances dans cette Wallonie qu'ils découvrent en de longues promenades. Guillaume, au passage, tombe amoureux de la fille d'un cafetier à qui il dédie quelques poèmes.

Au début d'octobre, les deux garçons n'ont plus un sou pour payer leur note et, sur le conseil de leur mère, ils quittent la pension « à la cloche de bois », traversent une forêt à pied, prennent le train à Namur et rejoignent Angélica à Paris où elle s'est installée avec Jules Weil, dans un meublé de la rue de Constantinople.

Étrange maman que cette Angélica, belle femme, imposante et coquette, aristocrate et aventurière à la fois ; à cheval sur les convenances mais d'une moralité, à l'occasion, très variable. Elle falsifie son état civil, quand cela l'arrange et change de nom pour éviter des poursuites quand elle s'est mise dans un mauvais pas. Tantôt à l'aise et tantôt démunie, selon ses fortunes de casino, elle vit d'expédients et déménage souvent pour échapper à ses créanciers ; à Paris, elle aura quatre domiciles successifs, avant de s'acheter une maison au Vésinet, en 1904, puis à Chatou.

Jusqu'à vingt-sept ans, Guillaume habitera chez sa mère. Quand il aura enfin son propre domicile à Paris, il ne se rendra chez Angélica que le dimanche. Elle se plaindra, bien sûr de ne pas le voir assez, l'accusant même de ne venir que pour faire laver son linge.

Mme de Kostrowitsky, « *cette indéchiffrable énigme* », selon André Salmon, est tyrannique, passionnée, possessive et véhémente. Terriblement autoritaire, elle prétend faire marcher tout son monde à la baguette et, si on la contrarie, c'est le drame. « *Avec ma mère, c'est tout de suite la malédiction !* » dit Guillaume.

En même temps, bonne mère et même couveuse à ses heures, elle veille à la santé de ses fils, à leur éducation et à leur vêtement qu'elle veut élégant.

De ses deux garçons, c'est Guillaume qui lui ressemble le plus et celui avec lequel elle a les rapports les plus difficiles. Elle le traitera toujours comme s'il avait dix ans, l'abreuvant de conseils pratiques, l'invectivant devant ses amis pour des broutilles. Soucieuse de sécurité matérielle, la vocation poétique de Guillaume l'inquiète. Elle préfère la prudente carrière de fonctionnaire qu'a choisie Albert. D'ailleurs, elle s'intéresse peu à ce qu'écrit Guillaume et s'étonne même de ses succès, quand il en a. Au vrai, elle le tient assez pour un irresponsable.

Guillaume, ou plutôt Wilhelm, comme elle l'appellera toute sa vie, l'aime tendrement mais la supporte très mal. Il a une peur bleue de ses explosions et, pour les éviter, choisit souvent la fuite ou le silence. Motus sur la vie qu'il mène à Paris. Il met en garde un de ses correspondants : sa mère décachette ses lettres au Vésinet. Motus aussi sur les femmes qui traverseront sa vie car il redoute à bon droit, la jalousie maternelle.

En 1915, dans une longue lettre, expédiée du front, à sa fiancée oranaise, impatiente de savoir si Guillaume a, enfin, annoncé leur projet matrimonial à Mme de Kostrowitsky, il se défile et explique pourquoi : « ... *j'aime beaucoup maman et elle m'aime aussi, mais elle a un caractère slave si développé qu'elle sera toujours jalouse de quelqu'un que son fils aimerait (...) maman saura toujours assez tôt notre mariage (...) elle m'aime trop (...) elle est indomptable, complètement indomptable comme le sont les femmes slaves (...) je lui ressemble beaucoup*[1]... »

À part un ou deux qui ont trouvé grâce à ses yeux, Angélica se méfie aussi des amis de Guillaume qu'elle accuse d'être des sacripants, susceptibles d'attirer son fils dans les plus mauvais coups. Il est vrai que certains d'entre eux, particulièrement excentriques, comme Jarry

1. *Tendre comme le souvenir,* 2 septembre 1915, *Œuvres complètes* de Guillaume Apollinaire, Éd. Balland.

ou Max Jacob, n'ont rien, à première vue, pour rassurer une mère inquiète !

Guillaume, pourtant, s'obstinera à inviter ses amis à déjeuner au Vésinet, dans l'étrange maison où vit sa mère, au milieu d'une ménagerie de chiens, singe et perroquet, dans un fouillis de meubles trop encombrants pour les pièces... « *mobilier Dufayel, genre château*[1] ». Dans le salon, des tentures algériennes figurent une tente d'Abd-El-Kader...

En amenant là Picasso, Vlaminck, Salmon ou André Billy (qui n'ira qu'une fois, terrorisé par Mme de Kostrowitsky !) Guillaume veut prouver à sa mère qu'il a des copains présentables et il excuse auprès de ces derniers, cette maman qui boit sec, joue, a des amants, arpente son jardin, le fouet au poing pour mater ses molosses, cette Angélica tyrannique qui fait des scènes à tout bout de champ. « Elle est si racée, dit-il ! Je lui ressemble beaucoup. »

Susceptible dans l'affection qu'il lui porte, il ne supporte pas qu'on prononce un mot contre elle et c'est derrière son dos que les amis de Guillaume fredonnent une chanson, inventée par Max Jacob, avec son refrain :

« Épouser la mèr' d'Apollinair'
La mèr' d'Apollinair'
De quoi qu'on aurait l'air ?
De quoi qu'on aurait l'air ?[2] »

Guillaume est aussi très fier des repas d'Angélica. Aussi gourmande que sensuelle et même si elle est fauchée, elle devient prodigue quand il s'agit de nourriture et comble ses invités de mets exquis car elle est très bonne cuisinière. C'est ce que racontera un ami danois de son fils :

1. A. Rouveyre, *Apollinaire*, Gallimard.
2. A. Salmon, *Souvenirs sans fin*, Gallimard.

« *Guillaume a pu tenir d'elle sa gourmandise, la seule chose qu'elle admirait en lui (...). Hospitalière comme il n'est pas permis de l'être. Elle vous offre dans un dimanche, deux repas à vous rendre malade dont elle a préparé les bonnes choses. Et vous avez des paquets et des paniers remplis sous chaque bras quand, le soir, vous rentrez par le dernier train*[1]. »

Quand Guillaume est loin d'elle, par exemple quand il voyage en Rhénanie, entre 1901 et 1902, lorsqu'il habite Paris ou quand il sera soldat à Nîmes, il manque à sa mère. Dans les longues lettres qu'elle lui adresse alors, où perce la tendresse entre conseils divers, propos sur l'argent et récriminations sur ses silences ou ses absences, Mme de Kostrowitsky nous renseigne sur quelques mets favoris de Guillaume en lui décrivant les conserves qu'elle prépare, de prunes à l'eau-de-vie, de cornichons, de confitures d'abricots, de prunes ou de fruits rouges.

Lui parler de plats qu'il aime — gourmand comme elle le connaît — est une façon, à distance, de le rattacher à elle ou de l'attirer. « ... *j'avais fait des raviolis et de la morue, moi-même* », écrit-elle à Guillaume, au lendemain d'un déjeuner auquel il a oublié de venir. Et, en juillet 1914, elle se plaint de ne pas l'avoir vu à Chatou, depuis trois mois et l'invite : « *Viens donc déjeuner et dîner. Je fais des raviolis, des nouilles, etc*[2]. »

Pâtes et raviolis. Guillaume qui a du sang italien par sa grand'mère maternelle et, peut-être, par son père, Guillaume en raffole. Comme du riz. Marie Laurencin avec laquelle il aura une liaison, de 1907 à 1913, a

1. A. Rouveyre, *op. cit.*
2. G. Apollinaire, *Correspondance avec son frère et sa mère,* José Corti, 1987.

raconté comment Guillaume, un jour, l'avait bien rossée pour un risotto mal fait [1].

Il est vrai que le risotto n'était peut-être qu'un prétexte, Guillaume ayant toujours aimé flageller les dames ! Il est probable aussi que Marie Laurencin était meilleure en peinture qu'en cuisine ou en amour, ce qui est la même chose.

1. Entretien avec M. Arland, 1956, cité par F. Groult dans *Marie Laurencin,* Mercure de France, 1987.

RISOTTO À LA PIÉMONTAISE

Le risotto peut être accommodé aux lard, poisson, fruits de mer, légumes, etc. Le secret pour le réussir est de ne pas le lâcher une seconde jusqu'à la fin de sa cuisson. Ce que n'a pas dû faire Marie Laurencin.

Pour 6 personnes : 1 litre 1/2 de bouillon de bœuf ou de veau ; 500 g de très bon riz à grains longs ; 200 g de beurre ; 50 g de moelle de bœuf crue ; 2 échalotes (grises, de préférence) et 1 bel oignon ; 2 ou 3 truffes blanches à goût d'ail qui viennent du Piémont et se mangent crues.

Hachez oignon, échalotes et moelle. Faites fondre dans le beurre, à feu modéré, sans roussir, avec une pincée de poivre de Cayenne. Ajoutez le riz, mélangez bien le tout étalé au fond de la casserole. Arrosez avec quelques cuillerées de bouillon, en remuant et chauffez à petit feu, casserole découverte. Dès que le bouillon sera absorbé par le riz, remuez-le de façon à détacher les grains du fond de la casserole. Mouillez de nouveau avec du bouillon et continuez jusqu'à ce que tout le liquide soit absorbé, en surveillant le riz, en le goûtant, en le remuant, jusqu'à ce qu'il soit juste cuit mais pas plus, avec des grains entiers, bien détachés les uns des autres. Avant de servir, ajoutez les truffes blanches lavées et séchées, coupées en lamelles fines et parsemez le tout de parmesan râpé.

AMOUR, SANGUINS ET RAVIOLIS

Les goûts culinaires de Guillaume doivent beaucoup à son enfance sur la côte méditerranéenne où il allait pêcher des poulpes et des oursins dans les rochers du Cap-d'Ail. C'est Monaco, c'est Nice. Nice surtout de ses dix-sept ans dont cet olfactif gardera la mémoire des odeurs violentes, évoquées plus tard dans *L'Hérésiarque* : « ... *le vieux Nice aux parfums de fruits et d'aromates mêlés aux odeurs de chair crue, de pâte aigre, de morue et de latrine*[1]... » Nice, ville d'amour où, en 1914, il va rencontrer Louise de Châtillon-Coligny, dite Lou, dans une fumerie d'opium. C'est au cours d'un déjeuner avec elle dans le vieux Nice que Guillaume tombera amoureux de cette écervelée avec laquelle il aura une brève aventure mais qui sera sûrement, parmi ses femmes, celle qui partagera le mieux ses fantasmes érotiques. Sous les obus de la guerre, il évoquera encore cette ville : « *Mais quelle magie le vieux Nice, ses maisons génoises et le marché au bord du Pailleron... Tenez, cela me donne la nostalgie*[2]... » Et, en 1918, deux mois avant sa mort, Guillaume écrit à son ami Rouveyre qui se trouve à Nice : « *Va manger des pâtes chez Guys, aux Ponchettes des sanguins à la cave de Falicon, du gibier*

1. *L'Hérésiarque et Cie*, « Le Giton », Pléiade, Gallimard.
2. *Tendre comme le souvenir*, lettre à Madeleine Pagès.

chez Boutteau dans la ville, les raviolis à la blette, chez la Bicon, au fin fond de la promenade des Anglais. N'oublie pas de goûter à la pissaladière au marché[1]. »

Il y a sûrement longtemps que Guys et Boutteau et la Bicon mangent à Nice les blettes par la racine mais j'ai déjeuné aux Ponchettes avec mon ami Jean-Pierre Rudin, Niçois et fin lettré qui fut libraire. Il sait tout de la cuisine et des poètes. C'est lui qui m'a appris ce que sont les sanguins qu'aimait Apollinaire : des champignons d'une belle couleur orange foncé, à la saveur exquise et qui poussent, entre autres, sous les pins de l'Estérel. La recette pour les accommoder a été consignée, en 1880, par Mietta, une grand'tante de Jacques Médecin[2].

En mémoire gustative de la Riviera, Guillaume, toute sa vie, aimera les mets relevés, épicés, parfumés d'aromates et mitonnés. Non seulement la cuisine française traditionnelle mais encore les cuisines exotiques, coloniales, fortes en saveurs et en piments. Il entraînera ses amis à la découverte de restaurants non seulement italiens mais grecs, chinois, turcs, africains car la curiosité culinaire de Guillaume est très vive. Il prétend qu'il faut tout connaître. Il tarabuste les maîtresses de maison et les cuisiniers pour connaître les secrets des plats qu'il aime. Ce cérébral salive rien qu'à parler ou entendre parler de cuisine, comme il s'excite aux propos érotiques.

1. A. Rouveyre, *Apollinaire*, Gallimard.
2. J. Médecin, *La Cuisine du comté de Nice*, Julliard, 1973.

LES SANGUINS QU'AIMAIT APOLLINAIRE

Pour 6 personnes :
2 kg de sanguins ; 2 citrons ; 1 gousse d'ail ; 1/2 feuille de laurier ; 2 pincées de feuilles de thym émiettées ; 1 verre de vin blanc sec ; huile d'olive, sel, 1 cuillerée à café de poivre en grains.

Laver les sanguins et couper chapeaux et pieds en lamelles de 5 mm. Faire chauffer 6 cuillerées à soupe d'huile d'olive. Quand elle commence à fumer, y jeter les sanguins avec la gousse d'ail et le thym. Faire revenir et mouiller avec le vin blanc, un verre à moutarde d'eau et le jus des deux citrons. (Citrons de Nice, *évidemment, plus juteux et savoureux que les autres.) Saler, poivrer, ajouter le laurier. Porter à ébullition et, à couvert, faire réduire le jus des 3/4.*

On peut servir les sanguins chauds tels quels ou comme accompagnement d'une viande. On peut aussi les servir, refroidis dans leur jus.

LES RAVIOLIS À LA BLETTE

Pour 6 personnes : Pâte : *700 g de farine ; 5 œufs ; 25 g de sel ; eau fraîche.* Farce : *500 g de bœuf cuit en daube ; 1 kilo de feuilles de blettes ; 1 gousse d'ail ; 1 petit oignon ; 1 pincée de thym émietté ; 1 pincée de noix muscade ; 2 œufs ; 200 g de parmesan râpé, huile d'olive, sel, poivre.*

Pâte : *Tamiser la farine, y mélanger les œufs battus, le sel et une cuillerée à soupe d'eau. Manier vivement. Tasser cette pâte avec la main et laisser reposer 1 heure dans une terrine couverte. Séparer la pâte en deux parties et étendre chacune au rouleau, de façon à avoir deux feuilles de 3 mm environ d'épaisseur.*

Hachis : *Mélanger et hacher bœuf, blettes, œufs, oignon, ail, thym, huile et muscade. Saler et poivrer. Si la farce est trop sèche, la mouiller avec du jus de la daube.*

Sur l'une des deux feuilles de pâte, déposer des petits tas de hachis de 2 cm de côté à 2 cm de distance les uns des autres. Poser dessus l'autre feuille de pâte. Les faire adhérer en pressant avec les doigts, entre les monticules. Quadriller la pâte à la roulette, pour détacher les raviolis. Bien farinés, ne les cuire que 5 minutes, à l'eau bouillante salée. À mesure qu'ils montent en surface, les déposer sur un plat chaud. Servir avec la sauce de la daube et le parmesan. Ne jamais les faire gratiner.

Il traque les recettes dans les vieux livres de cuisine qu'il achète chez les bouquinistes. Parmi ceux de sa bibliothèque du boulevard Saint-Germain, conservés aujourd'hui par Jean Dérens[1], j'ai retrouvé quelques savoureux manuels comme, par exemple *Le Gastronome français ou l'Art de bien vivre* — composé en 1828 à l'imprimerie d'Honoré de Balzac — dont je suis sûre que certains textes délicieux ont retenu l'attention d'Apollinaire et l'ont enchanté. Cette chanson de vigneron du XVIIIe siècle, dont le dernier couplet dit :

> « *Je passe ma vie en goguette*
> *Sans m'arrêter un seul instant*
> *Je veux pouvoir dire en partant :*
> *Adieu panier* (bis), *vendanges sont faites !* »

Et, aussi, cet éloge gourmand de l'automne qui ferait frémir nos pusillanimes écolos :

« *Un amphytrion*[2] *qui se respecte doit, en octobre, dire adieu à la campagne, et rouvrir les deux battans*[2] *de la salle à manger. (...) Les poulets de grain sont gras ; l'Abailard de nos basses-cours présente au feu sa croupe arrondie ; le lièvre et le dindon atteignent l'âge viril.*

« *Le lapin timide, le bruyant faisan, la tortueuse perdrix ont recours à mille ruses pour se soustraire à l'impitoyable chasseur ; et, tandis que de bien chers amis, tels que la caille, le becfigue, le râle de genêt nous quittent, nous voyons le langoureux ramier, la voyageuse bécasse et le canard aventureux arriver du bout du monde, pour provoquer nos coups et notre appétit.*

« *La viande de boucherie commence aussi à s'humaniser. Le bœuf a acquis une rotondité respectable ; le mouton et le veau ne redoutent plus une consciencieuse*

1. À la Bibliothèque historique de la Ville de Paris.
2. Orthographe de l'époque.

appréciation. La marée, de son côté, se rassure de l'effroi que lui causait la chaleur ; le pudibond merlan ose risquer son début et obtient un succès honorable et encourageant. »

Évidemment, la bibliothèque de Guillaume comporte aussi *La Cuisinière poétique* du Nantais Charles Monselet (1825-1888)[1], avec sa *Lettre à Émilie sur la gastronomie*, petit chef-d'œuvre où l'humour se mêle à la gourmandise dans une lettre de rupture tout à fait XVIIIe siècle :

« Ah ! Émilie, je vous ai bien aimée ! — mais j'aime bien maintenant les caisses d'ortolans et le vin de Château-Palmer ! (...) Si je ne peux plus être le directeur de votre cœur, je serai au moins le directeur de votre appétit.

« Charmez, restez belle et gracieuse ; — mais pour cela, mangez bien. »

Autres trouvailles dans sa bibliothèque : *Le Calendrier gastronomique de 1867*, recueil de 365 menus du baron Brisse[2]. La page 333, celle du samedi 23 novembre 1867 est cornée (par Guillaume ?) sur la recette des Foies gras à la Périgueux, et du lièvre en civet ; *La Psychologie du goût*, par le comte L. de Larmandie (1909) qui cite quelques bons restaurants de Paris comme *Magny*, le *Vachette*, *Boulant*, *Caron* et le *Café d'Orsay*, l'ancien. Enfin, un *Manuel culinaire aphrodisiaque ou Cuisine d'amour*, recueil de 130 recettes, censées exalter la puissance érotique, dont une à base de céleris et l'au-

1. *La Cuisinière poétique* de Charles Monselet, publiée en 1859 chez Hetzel a été rééditée en 1988 aux éditions Le Promeneur, 5, quai Voltaire, à Paris.

2. Cette publication n'était pas vendue mais offerte aux abonnés du journal *La Liberté*, à Paris, 123, rue Montmartre.

tre de fonds d'artichaut en purée cuite avec sel, citron, béchamel grasse, beurre et crème. Les recettes de ce livre n'ont rien d'étonnant mais son titre avait tout pour séduire le galant Apollinaire.

LES FOIES GRAS À LA PÉRIGUEUX

Prendre 7 foies de poularde, bien gras ; ôter l'amer et la partie qui le touche ; les piquer de clous de truffes, les marquer dans une casserole foncée de bardes, les mouiller avec une bonne mirepoix (bouillon aux épices) ou avec un verre de vin blanc et un de consommé, peu de sel, une carotte tournée, 2 oignons moyens dont un piqué d'un clou de girofle, plus un bouquet de persil et ciboule, 1/2 feuille de laurier et 1/2 gousse d'ail ; couvrir les foies d'une barde de lard et d'un rond de papier ; les faire partir et cuire un quart d'heure, feu dessous et dessus. Après les avoir égouttés, les dresser sur le plat et les saucer avec une sauce aux truffes.

Recette de l'illustre Beauvilliers, extraite du
Calendrier gastronomique de 1867.

LE FREDON DE L'ÉCRITURE

Pour Guillaume, 1903 va être une année clef. À partir de 1903, en effet, il commence à pénétrer vraiment les salons littéraires et artistiques de Paris. C'est l'année où il va rencontrer des garçons et des filles de son âge, poètes, écrivains, peintres, sculpteurs ou journalistes dont certains deviendront aussi célèbres que lui.

Au printemps de 1903, André Salmon, poète de vingt-deux ans, encore inconnu, rencontre Guillaume dans une soirée littéraire organisée par la revue *La Plume* à laquelle Apollinaire collabore déjà. Cette soirée a lieu au *Caveau du Soleil d'or*, une cave enfumée, à peine aménagée, sous un café situé à l'angle du boulevard et du quai Saint-Michel[1]. Cette cave est fréquentée, les samedis soir, par de jeunes poètes qui viennent y lire leurs vers, en rêvant de fonder une revue pour s'y faire éditer. C'est là que Guillaume va rencontrer quelques-uns de ceux qui deviendront ses amis les plus chers, comme Alfred Jarry ou André Billy.

Guillaume a vingt-trois ans. Il est petit (1,65 m) mais râblé, blond, avec un profil romain et une poitrine de lutteur. Il ne ressemble pas encore à l'image du gros poète au

1. Ce café existe toujours au même endroit mais à l'enseigne : *Le Départ Saint-Michel*. Un autre café, en vis-à-vis, de l'autre côté du bras de Seine, a repris le nom du *Soleil d'or*.

front bandé qu'il nous laissera de lui, quinze ans plus tard. Salmon en témoignera dans ses Mémoires[1] : « *Il n'avait pas encore l'embonpoint qu'on lui a connu, dès 1910. Guillaume était mince, presque maigre, ce qui faisait bien davantage valoir sa mâchoire de centurion.* »

On ne peut pas dire qu'il soit beau mais quel charme, quelle puissance de séduction il exerce sur tout un chacun !

L'athlétique André Billy qui a deux ans de moins que lui mais le domine de sa haute taille, tombera immédiatement sous ce charme : « *Il rayonnait déjà d'autorité rieuse, encline à bouffonner. Il avait déjà dans le regard, dans la bouche, cette séduction quasi féminine à laquelle personne ne résistait. Peut-être même pontifiait-il déjà un peu, mais comme lui seul savait pontifier, avec une bonhomie d'hôtelier disert et intraitable sur le chapitre de ses fourneaux*[2]. »

Également présent à cette soirée de *La Plume*, un curieux personnage qui sera un ami intime pour Apollinaire et aura une grande importance dans sa vie quotidienne. Il s'appelle Jean Mollet, surnommé « le Baron », à cause d'un monocle qu'il aime à porter. Mais il n'est pas plus baron qu'il ne sera, comme on l'a dit, le secrétaire de Guillaume. Jean Mollet, plus jeune que Guillaume, est un Picard, élevé chez les jésuites d'Amiens et « monté » à Paris, par amour de la littérature. Pour vivre, il a été successivement : vendeur de tissus rue du Sentier, clerc d'avoué, rédacteur de « chiens écrasés » dans un journal, classeur de verres de lampes et comptable dans une verrerie de la Bastille puis chroniqueur de théâtre à *L'Intransigeant*. Mollet sait tout faire. C'est un garçon cultivé, débrouillard et qui ne manque pas d'humour. Il vouera à Guillaume une amitié sans faille et s'ingéniera à lui rendre toutes sortes de services. Il lui sera souvent utile car il con-

1. A. Salmon, *Souvenirs sans fin*, Gallimard.
2. A. Billy, *Apollinaire vivant*, Éd. de la Sirène, 1923.

naît tout le monde à Paris dont Alfred Jarry qui l'a élu « Vice-président du Collège de Pataphysique et président perpétuel par intérim du Conseil supérieur des Grands Maîtres de la Grande Gidouille ». Titre qui lui vaudra de son ami André Billy l'appellation loufoque : « Sa Transcendance le Satrape baron Mollet ». C'est Mollet qui fera connaître Picasso à Apollinaire et Picasso, enchanté de cette rencontre présentera à Guillaume son ami Max Jacob, en amenant celui-ci, dès le lendemain, dans un bar de jockeys, près de la gare Saint-Lazare où Guillaume tient souvent ses assises, en attendant l'heure de son train pour Le Vésinet.

Et ce minet très étrange, très extravagant qu'est Max Jacob va immédiatement tomber, lui aussi, sous le charme de Guillaume ; il est vrai qu'il est plus attiré par les garçons que par les filles, ce dont il ne se cache pas. Un peu plus âgé que Guillaume, il dessine au pastel, compose des poèmes, pratique l'astrologie, la chiromancie et prédit l'avenir avec une clairvoyance de médium.

Guillaume, lui, est fasciné par ce personnage qui partage sa vie en débauches et en crises de mysticisme, assorties d'hallucinations divines auxquelles sa consommation d'éther n'est sûrement pas étrangère. Max, fils d'un tailleur de Quimper se dit « juif breton » ou « juif celte ». Son droit terminé, pour faire plaisir à ses parents, il vient tout juste de choisir la vie de bohème de préférence à la carrière d'avocat à laquelle on le destinait et il vit à Paris dans une pauvreté totale.

Guillaume est séduit par sa générosité, sa gentillesse, sa fantaisie perpétuellement en mouvement, l'exaltation de sa conversion au catholicisme, sa drôlerie inventive, son exhibitionnisme et son sens de la provocation. Max, par exemple, se vante d'avoir des aventures avec des sergents de ville. Max qui, physiquement, pourrait être le fils de Louis de Funès et d'Eric von Stroheim, Max passe sa vie à se maquiller, à se travestir et à inventer toutes sortes de jeux et de plaisanteries, servi par son esprit étincelant ; quand il ne gémit pas sur son indignité et court se tordre en pleurant, aux pieds de la Sainte Vierge ou du Sacré-Cœur ; ce qui ne l'empêche pas, le moment d'après, de se révéler la plus méchante langue de Paris. Et Guillaume, tout de même un peu bourgeois d'éducation mais ravi de transgresser ses préjugés, est délicieusement choqué et amusé par les excentricités de ce Max Jacob, comme par celles d'Alfred Jarry, créateur de ce Père Ubu qui le fait rire aux larmes.

Max Jacob nous décrira Guillaume, lors de leur première rencontre... « *vêtu d'un costume clair avec un chapeau tout petit sur le sommet du crâne, yeux noisette terribles et brillants. Un minuscule toupet de cheveux blonds frisés, une petite bouche comme un piment, des membres très forts, une très vaste poitrine barrée d'une chaîne de montre en platine, un rubis au doigt. On le croyait riche parce que sa mère l'habillait de pied en cap* [1] ».

Coquet, ce Guillaume ! Avec un rien d'ostentation méridionale. Et toujours soigné, rasé de près, « en peau de cuisse », comme il dit.

À partir de 1904, Apollinaire, Salmon et Max Jacob se verront presque tous les jours, dans l'atelier de Picasso, à Montmartre. C'est Max Jacob qui, des années plus tard, notera le petit air qu'avait coutume de fredonner Guillaume, toujours le même petit air, quand il se mettait à écrire [2] :

1. *Max Jacob* par M.-J. Durry, *Le Flâneur des deux rives*, n° 4, déc. 1954.

2. *Max Jacob* par M.-J. Durry, *op. cit.* Le petit air de Guillaume, noté par Max Jacob qui le transmettra à Michel Leiris, qui le chantera à Picasso.

Guillaume va aussi retrouver à Paris des amis d'enfance comme René Dupuy des Islettes, alias René Dalize, qui fut son condisciple au Collège Saint-Charles de Monaco. D'abord officier de marine, Dalize deviendra écrivain et journaliste. Guillaume retrouvera aussi un autre élève de Saint-Charles : Louis de Gonzague Frick, jeune poète de l'âge de son frère — celui dont la mère est si redoutable ! — et il verra de temps à autre Toussaint Luca qui était avec lui au lycée de Nice, avec lequel il est resté en correspondance et l'un de ses rares amis que Mme de Kostrowitsky juge fréquentables.

Et puis il y aura de nouveaux venus car Guillaume, extrêmement sociable et curieux, se lie facilement. Dans le train qui le ramène au Vésinet de sa mère, il va rencontrer deux gaillards nommés Derain et Vlaminck, jeunes peintres qui habitent Chatou ; c'est Maurice de Vlaminck qui initiera Guillaume au goût de l'art nouveau et lui fera découvrir, ainsi qu'à Picasso, la beauté inquiétante des statues nègres.

BEDONNANTE ET TANAGRADOUBLE

Même si la recherche de son vêtement le fait passer pour riche aux yeux de ses amis, Guillaume est loin de l'être en ce début de siècle. Il tire même singulièrement le diable par la queue, depuis son arrivée à Paris en 1899. Ce jeune homme qui écrit des vers déjà publiés dans plusieurs revues n'a ni diplôme, ni qualification professionnelle susceptibles de lui faire gagner sa vie confortablement. Il est, cependant, d'une grande bonne volonté pour trouver un emploi ; en quatre ans, il a été le nègre (mal payé) d'un feuilletoniste puis remisier chez un agent de change véreux. Ensuite, il a été engagé comme précepteur de la fille d'une riche vicomtesse allemande, ce qui lui a permis de voyager pendant toute une année à travers l'Allemagne. C'est alors qu'il est tombé fou amoureux d'une jeune gouvernante anglaise, Annie Playden, mais qui a si mal reçu ses hommages qu'elle deviendra, sans le vouloir, l'inspiratrice de *La Chanson du mal-aimé*. Enfin, pour survivre, tout en publiant des vers, de-ci, de-là, Guillaume est devenu employé de banque. Ce qui tranquillise peut-être sa mère mais ne lui plaît guère à lui. Guillaume, en effet, n'a que deux ambitions : écrire des poèmes, des romans et devenir journaliste. En fait de romans, jusqu'à présent, il n'a publié, sous pseudonyme, que des livres porno, par exemple *Mirely ou le Petit Trou pas cher*, pour un libraire de la rue Saint-Roch, spécialiste du genre.

Il n'est pas le seul, à manquer d'argent ; ses amis sont aussi pauvres que lui. Jarry, Max Jacob et même le jeune Picasso cherchent souvent trois sous pour en faire quatre.

Par mesure d'économie, car il n'a pas de quoi s'offrir un loyer, Guillaume habite encore chez sa mère, ce qui ne le réjouit pas tous les jours. Il devra attendre 1907 pour avoir, enfin, son domicile personnel à Paris. Alors, il n'ira plus au Vésinet que le dimanche, d'où il rapportera des provisions de bouche pour la semaine. La gare Saint-Lazare et ses bistrots avoisinants continueront donc à lui être familiers.

> *« Gare centrale de Paris*
> *Qu'on nommait de l'Ouest jadis*
> *Les dimanches, Apollinaire*
> *Prenait vos trains, bourse légère*
> *Pour le Vésinet de sa mère*[1]. »

La pauvreté de Guillaume contribuera sans doute à exalter sa gourmandise, à une époque et dans une ville où la bonne chère offre des tentations permanentes. Paris, est en effet non seulement la capitale mondiale des arts et des lettres mais encore celle de la plus fine cuisine. On imagine mal, aujourd'hui, la gueulardise française de cette époque. À Paris, ville encore campagnarde par endroits, un petit commerce florissant offre, partout, des produits de base excellents pour cette cuisine qui a une importance considérable dans cette France bourgeoise de la dite Belle Époque, héritière d'un XIXe siècle on ne peut plus gourmand, comme le prouvent les menus et l'abondance des livres de cuisine publiés à ce moment-là. La table est aussi plantureuse

1. Louis de Gonzague Frick, automne 1905.

que sous le Second Empire. On ignore la diététique. Les gros et les grosses sont à la mode. Le bourgeois cossu se doit d'être épais et sanguin ; c'est un signe d'opulence. Les femmes, même jeunes, sont grassouillettes. Elles ont, dit-on, « des rondeurs exquises ». Les hommes, ventripotents, dès la trentaine, meurent souvent d'un coup de sang après un repas trop copieux et trop bien arrosé. Ce qui n'empêche pas la vogue des grosses bedaines. En 1903, à *La Scala*, la chanteuse comique Jeanne Bloch — surnommée Tanagradouble — se taille un beau succès avec sa chanson *Les Gros Bedons*. En 1911, le music-hall célébrera la bedaine impressionnante du président Fallières, grand bâfreur devant l'Éternel, par une chanson : *La Bedonnante*. Sur la couverture de la partition, on voit le gros Fallières qui danse avec une énorme République.

Cette obsession gourmande est peut-être, en ce qui concerne les Parisiens, une réaction à la disette subie en 1870, pendant le siège de Paris et qui les obligea, pour survivre, à manger du chat, du chien et du rat, sans compter les animaux du *Jardin d'Acclimatation*, ce que Victor Hugo a raconté si drôlement dans *L'Année terrible :*

« Nous mangeons du cheval, du rat, de l'ours, de l'âne, Paris est si bien pris, cerné, muré, noué, gardé, que notre ventre est l'Arche de Noé. Dans nos flancs, toute bête honnête et mal famée, pénètre et chien et chat, le mammon, le pygmée... Tout entre ! Et la souris rencontre l'éléphant. »

La France de Loubet, puis celle de Fallières, c'est-à-dire la France de Guillaume Apollinaire, va se rattraper et mettre les bouchées doubles. On va se gaver de nourriture et boire sec. À Paris, petits et grands restaurants vont combler leurs clients nantis et faire rêver les autres. Paris dévore, s'abreuve et, partout, cuisiniers et cuisinières s'affairent. Dans les rues, pas encore empuanties par les gaz des automobiles, les fumets gourmands se mêlent au relent paisible du crottin de cheval. On voit circuler des mitrons portant, en équilibre, des mannes couvertes de vol-au-vent ou de pâtisseries savoureuses. Paris bouffe, des tables bourgeoises aux loges de concierges d'où fusent des parfums de fricots qui réjouissaient Colette.

Bien manger est une telle obsession que la cuisine non seulement se fait et se déguste partout mais encore se célèbre en poésie et se chante. Après Monselet qui, sous le Second Empire, glorifiait l'andouillette en vers :

> *« ... crépite sur le grill*
> *Ô ma fine andouillette*
> *Certes, ta peau douillette*
> *Court un grave péril... »*

Monselet qui mourra le soir de Noël 1888 en disant : « Ça tombe bien, j'aurai un enterrement aux truffes ! » ; après Edmond Rostand qui, en 1897, a glissé la recette des « tartelettes amandines » dans *Cyrano* ; après André Theuriet, doux poète et académicien français qui a mis en vers la recette de la « galette au beurre », les recettes de cuisine vont gagner le music-hall. En novembre 1902, Mayol fait un tabac à l'*Eldorado* avec une chanson complètement idiote dont le refrain est :

> *« Ah, les p'tits pois, les p'tits pois, les p'tits pois*
> *C'est un légum' bien ten-dre... »,*

que toute la France va reprendre (y compris ma grand'-mère maternelle qui la fredonnait encore, quand j'étais petite !). Polin, illustre chanteur comique, lance en 1904, une revue hebdomadaire : *Paris qui chante* avec des recettes à chanter sur des airs connus : celles de « la truite meunière », des « haricots verts », du « chateaubriand », du « rôti de porc » et de « la Belle Mayonnaise », sans oublier celle du « potage au potiron » à chanter sur l'air de : « *Il était un' bergère...* » :

« Pour fair' un bon pota-ge
Au ron ron ron, petit potiron... »

En 1909, Guillaume, lui-même, consacrera la première de ses chroniques commandées par la revue *Les Marges*, sur les « Contemporains pittoresques », au poète bachique Raoul Ponchon, académicien Goncourt et solide poivrot, auteur, entre autres, d'un poème à la gloire du « gigot cuit à point ».

En 1903, des concours de bouffe ont eu lieu à Paris et à Londres. Cette frénésie de mangeaille se poursuivra jusqu'à la guerre de 1914. En 1912, trois gourmets dont un rédacteur au journal *Le Matin*, fonderont le *Club des Cent* (kilos). Ses membres devront, pour en faire partie, peser au moins ce poids, être parrainés et passer un examen gastronomique sérieux. Après la guerre, le *Club des Cent* fondera un prix littéraire, destiné à récompenser des ouvrages gastronomiques. Pierre Benoit, Colette et Henri Béraud seront du jury.

L'HERBE SAINTE
DE L'OFFICIER SUPÉRIEUR

« Mon âme est triste jusqu'à la sobriété. »

Charles MONSELET

Les boissons spiritueuses coulent à flots dans cette France très alcoolisée de début de siècle. Dans le Paris de Guillaume Apollinaire, cafés, brasseries, bars et marchands de vins divers abondent.

Au 21 de la rue Royale, à l'emplacement de l'actuelle compagnie aérienne Lufthansa, le café-restaurant *Weber*, fréquenté à cette époque par tout ce que Paris compte d'écrivains et d'artistes célèbres, affichait encore à sa carte, en 1914, outre vins du Rhin et de la Moselle, vouvrays, bordeaux et bourgognes prestigieux, quinze chablis et soixante-douze champagnes différents, dont les plus légers et les moins chers, appelés : tisanes. Sans compter les liqueurs, chartreuse, curaçao, crème de menthe et autres « mandarinettes » dont l'époque est friande.

L'absinthe, la « verte », si prisée, entre autres de Verlaine et de Jarry qui l'appelle « l'herbe sainte » et s'en nourrit essentiellement, l'absinthe fait tant de ravages que sa fabrication et sa vente seront légalement interdites en 1915. Il faut dire qu'à côté de cette liqueur magique qui titrait de 65° à 72° — cette dernière dite « d'officier supérieur » — nos perniflards contemporains font figure de lait de nourrice !

La suppression de l'absinthe va consterner ses consommateurs assidus comme l'exprimera l'écrivain-gastronome et humoriste Maurice Sailland, dit Curnonsky :

« *L'herbe sainte, la divine absinthe d'avant 1914, la seule, l'unique et la vraie, celle que la morale laïque et obligatoire a remplacée par des ersatz et des succédanés... L'absinthe, Ponchon lui resta fidèle jusqu'à 90 ans... et mourut des suites d'un accident.* » Lequel Ponchon, de son côté, prétendait que « *la suppression de l'absinthe a causé plus de malheurs que l'instruction primaire* ».

Avec son hérédité russo-polonaise et, de surcroît, fils d'une maman qui lève volontiers le coude, Guillaume n'est pas le dernier à vider des chopines. Dès 1904, il avouc (ou se vante ?) dans une lettre à son ami James Onimus : « *Je suis fort abruti depuis quelque temps car je dors assez rarement, passant la plupart de mes nuits avec Jarry, Boès, Paul Fort et d'autres bougres d'un calibre propre à absorber des boissons variées comme stout, cocktails carabinés, etc.* [1]... »

Ces « bougres » sont, entre autres, de jeunes Nordiques, peintres, poètes ou sculpteurs, venus à Paris prendre l'air des Arts et qui ont leurs assises au *Café de Versailles*, place de Rennes, en face de la gare Montparnasse. Parmi eux, Björn Smith-Hald (20 ans), fils d'un peintre norvégien « *qui a un tableau au Luxembourg* ». Avec Guillaume, Björn va manger des huîtres aux Halles

1. Lettre à James Onimus, 15 juillet 1904, *Œuvres complètes et Correspondance*, Éd. Balland et Lecat.

et se saouler de vin gris jusqu'à danser le *cake-walk* dans la rue. Ils rentrent en tanguant au petit matin, braillant des chansons allemandes dont : « *Komm Karlineke, Komm Karlineke, Komm ! ...* », traduction de la rengaine qui sévit dans toute l'Europe de 1903 : « *Viens poupoule, viens poupoule, viens...* » Il y a Edward Diriks « qui paye bien à boire » et, surtout, le préféré de Guillaume, Arne Hammer, également norvégien. Hammer a une vingtaine d'années et il est secrétaire de rédaction à *L'Européen*, hebdomadaire auquel Guillaume collabore depuis 1902. Arne Hammer est un jeune Viking colossal qui a conquis Guillaume d'emblée par son humour flegmatique et sa culture. C'est un solide compagnon de beuverie, aussi porté sur les femmes que l'est Guillaume et ils partent ensemble gouaper pendant des nuits entières, de Montparnasse aux Halles où Hammer adore déclamer des vers, quand l'aube se lève sur les cageots.

Guillaume a d'autres compères de libations qu'il n'a pas eu de mal à trouver dans le milieu bohème qui est devenu le sien. Si la plupart des artistes sont pauvres, le vin n'est pas cher. De Jarry à Paul Fort, en passant par Salmon, Mollet, Billy, Carco ou Dalize, Guillaume n'est pas en peine de trouver des zélateurs de Bacchus.

Il faut dire aussi que tous ces minets qui n'ont pas vingt-cinq ans, aiment à s'enivrer presque par obligation ou dandysme ; pour s'associer à des aînés, morts ou encore vifs, qu'ils admirent et dont ils espèrent, en partageant les excès, partager le génie. Comment choisir la sinistre sobriété quand un Villon, un Verlaine, un Modigliani ou un Toulet, pour ne citer qu'eux, auront passé leur vie à tituber ? Il y a un âge pour la saoulerie et cela se répète de génération en génération. Nous connaissons aujourd'hui de jeunes aspirants-écrivains qui se cuitent, moins par goût ou besoin que pour suivre Antoine Blondin et ses fantaisies.

Le 20 octobre 1905, Guillaume convoque, en vers, son ami André Salmon :

« Tu partiras, dit-on, vendredi pour l'Afrique
Viens demain avec moi vider une barrique
D'eau-de-vie ou de vin. Je t'attendrai de huit
Heures jusqu'à midi, puis d'une heure à minuit
(...)
J'habite au Vésinet, huit boulevard Carnot
Guillaume Apollinaire.
« P.S. Apporte le tonneau. »

Les pages qui nous restent de son journal intime[1], notes prises de 1897 à 1918, nous renseignent sur les goûts et les curiosités de Guillaume, en matière de boissons.

Il consomme beaucoup de bière, stout, Pilsen et une certaine bière Burton, découverte au *Critérion*, bar de la rue d'Amsterdam où il attend souvent son train pour Le Vésinet. Il imaginera même une publicité fantaisiste destinée à pousser son bar favori au mécénat, pour la revue *Le Festin d'Ésope* : *« La bière Burton, inventée par Lord Burton, sincère ami de Sa Majesté Édouard VII »*. Guillaume partage avec son ami Hammer des *Bierreisen* (tournées de bière) et suit l'écrivain polonais Mecislas Golberg *(« ... Mecislas Golberg l'étrange, le laid, le curieux méphitique, diabolique, mais léger, léger et c'est ce qui le sauve... »)*, au *Balzar*, près de la Sorbonne, où Golberg affirme qu'on trouve la seule bière estimable du Quartier latin.

Quant aux « cocktails carabinés » dont il parle à Onimus, ce sont des mélanges assez peu ragoûtants inventés par les Norvégiens : décoction de viande dans du stout ou du porto, grog d'absinthe et de jus de citron ou mélangé par moitié de genièvre et d'advokaat.

En souvenir, peut-être de son séjour en Allemagne et de son amour pour Annie Playden, Guillaume est grand amateur de vins du Rhin. Toujours amusé par les mots

1. G. Apollinaire, *Journal intime*, Éd. du Limon, 1991.

bizarres, il boit du *schorlemorle*, vin de Franconie et eau de Seltz, breuvage favori du maréchal Augereau qui, en trinquant, disait : « Toujours l'amour ! » Ce qui, déformé par les Allemands qui l'imitaient fut, d'abord prononcé : *schulamur* puis *schorlemorle*.

En 1895, les spectateurs du *Théâtre des Ambassadeurs* ont découvert avec stupéfaction une réclame peinte sur le grand rideau de scène pour célébrer les mérites du vin Mariani, tonique et reconstituant, à base de coca des Incas, mis au point par un pharmacien italien. Ce vin Mariani est, si l'on veut, une sorte de Coca-Cola mais alcoolisé. Pour le lancer, les distillateurs ont entrepris une publicité intensive, faisant appel à des célébrités de l'intelligentsia parisienne. Edmond Rostand, par exemple, qui vante le Mariani en vers ; et Claude Farrère et Colette : « *Un verre de Mariani ou deux ou trois... On se sentirait Faune à moins.* » Ou encore le célèbre avocat Moro-Giafferi : « *Ah ! si avant l'audience, magistrats et juges buvaient un petit coup de Mariani...* » Et Guillaume boit du Mariani, servi par Gustave Vallette et Rachilde, aux réceptions du *Mercure de France*.

Avec André Billy, il va rue Daunou, goûter les meilleurs vermouths de Paris, au bar *Crucifix*, à côté du *Harry's* (ouvert seulement en 1911).

Curieux des breuvages insolites comme il l'est de tout ce qui est bizarre, Guillaume s'enchante de la composition de la chartreuse verte que lui a confiée un chartreux chassé de son couvent par la loi de 1901 : « ... *65 herbes et de la peau de serpent pilées, on a essayé de supprimer la peau de serpent mais la chartreuse perdait son bon goût, sa saveur*[1]. »

La même curiosité le pousse à goûter au vespétro, ratafia, sorte de liqueur stomachique et carminative du XVIIIe siècle dont l'étymologie : *vesser* (péter) et roter,

1. *Journal intime.*

l'enchante. Une autre version étymologique pour gens convenables fait dériver vespétro de *vesper* = soir, liqueur à consommer après le repas du soir. En voici la recette :

> *Faire macérer pendant huit jours : 300 g de graines d'angélique, 40 g de graines de fenouil, 40 g d'anis et 30 g de coriandre dans 1 litre d'eau-de-vie + un sirop fait de 2,5 kg de sucre dissous dans le même poids d'eau.*
>
> *Dictionnaire encyclopédique de l'Épicerie*, 1924.

Dans *Le Poète assassiné*, Guillaume nous livre parmi ses farfelues *Petites Recettes de magie moderne*, dédiées à Jean Mollet, un remède de sa façon pour les arthritiques : « *Buvez gin à l'eau et en verrez l'effet, avant deux mois*[1]. »

L'été de 1908, Guillaume rendra visite à son ami Sylvain Bonmariage dans un petit village de pêcheurs en Belgique et Sylvain notera dans ses souvenirs : « *Apollinaire, venu pour déjeuner et passer l'après-midi, resta cinq jours à boire du schiedam (eau-de-vie du pays) et à fumer des pipes*[2]. »

À ce régime, nous comprenons comment Guillaume, qui a déjà tendance, par nature, à être enrobé, va très vite devenir un fort gros jeune homme.

Cependant, son goût pour les spiritueux ne l'empêchera pas, en 1907, de provoquer en duel un journaliste qui l'a blagué dans un article, à propos d'une eau minérale allemande, l'*Apollinaris*[3] que Guillaume aime à

1. *Œuvres en prose*, Pléiade 1, Gallimard, p. 368.
2. S. Bonmariage, *Willy, Colette et moi*, Éd. Ch. Fremanger, 1954.
3. Cette eau gazeuse est encore en vente aujourd'hui à Paris.

consommer parce qu'elle porte le même nom que lui. Heureusement, son ami André Billy arrangera l'affaire, trouvant ridicule que Guillaume risque de se faire blesser ou tuer pour de l'eau.

LES ENFANTS DE LA BUTTE

« On a dû te parler de Racine, La Fontaine et Boileau. Eh bien, maintenant, c'est nous. »

Max JACOB
(à André Salmon)

À peine se sont-ils rencontrés que Guillaume, Picasso et Max Jacob sont devenus inséparables.

De 1904 à 1909, Picasso habitera l'un des ateliers du fameux *Bateau-Lavoir*, rue Ravignan, à Montmartre, où la postérité situera le « nid du cubisme ».

C'est Max Jacob qui a baptisé *Bateau-Lavoir*, cette bâtisse curieuse et délabrée, plantée sur le flanc d'une colline éboulée, parce que la disposition de ses pièces, alignées sur des couloirs, évoque les bateaux-lavoirs des bords de Seine. Cette maison sert de refuge à des artistes pauvres qui *squattent* plus ou moins les anciens ateliers d'une fabrique de pianos, installée dans ses murs vers 1880.

C'est tout sauf un palace. Avec ses cloisons branlantes et ses plafonds de bois aux planches mal jointes, chacun est au courant de la vie privée de ses voisins : roucoulements amoureux, beuglements des scènes de ménage ou hurlements de bébés. L'escalier de bois vermoulu aux marches incertaines, l'unique point d'eau du rez-de-chaussée pour toute la maison et les cabinets communs y entretiennent l'inconfort et la saleté. L'atelier de Picasso est situé au rez-de-chaussée de la maison, côté rue Ravignan et au troisième étage, sur la façade opposée, à cause du dévers de la colline. Glacial en hiver, étouffant en été, on s'y éclaire à la lampe à pétrole, on s'y chauffe et on y cuisine au charbon.

Picasso, arrivé depuis peu à Paris, est encore pauvre. Une table en bois blanc, un petit poêle de fonte rouillé, une cuvette en terre jaune et un seau hygiénique pour la toilette, une chaise de paille et une malle de bois peinte en noir en guise de siège, constituent l'ameublement de son atelier, séparé d'une petite chambre par un rideau. Aux relents de l'huile de lin et de l'essence de térébenthine se mêlent les odeurs diverses des animaux que Pablo élève dans l'atelier. Outre la souris blanche apprivoisée qui gîte dans le tiroir de la table, il y aura là jusqu'à trois chats, deux chiens et même une guenon. Un jour, Guillaume aura l'idée saugrenue de laver le plancher au pétrole puis de le passer à l'eau de Cologne pour le désodoriser, ce qui n'arrangera rien !

Depuis 1905, Pablo partage cet atelier avec sa maîtresse, Fernande Olivier, belle fille brune de vingt-cinq ans. Fernande est modèle. Elle a posé, entre autres, pour Carolus Duran, Boldini et Van Dongen qui habite un atelier voisin avec sa femme et son bébé.

Si jeune, Fernande a déjà roulé sa bosse, été mariée deux fois et elle peint, elle aussi. Elle n'est pas sotte, elle a même son brevet — ce qui est rare pour une femme à l'époque — et sait être élégante avec trois fois rien. Elle aime les grands chapeaux et les parfums.

Le petit jeune homme pâle et maigrichon qu'est Pablo, est fou amoureux de sa belle Fernande qui le dépasse d'une tête, et tellement jaloux qu'il la cloître à l'atelier et lui interdit de sortir seule. Il la sait de mœurs faciles et, bien entendu, Fernande n'a plus le droit de poser que pour lui. Il préfère encore faire les courses lui-même que d'exposer Fernande aux convoitises du voisinage. Il se charge aussi du ménage — très sommaire ! — car une femme de ménage réclame au moins 20 sous de l'heure, ce qui est au-dessus de ses moyens ; et Fernande est plutôt portée sur la lecture que sur le plumeau. Mais elle aime beaucoup recevoir des copains à dîner. « ... *Je fus aussi la cuisinière* (...) *et bien que je n'eusse à ma disposition qu'un ou deux francs par jour, les amis de Picasso appréciaient mes ratas*[1]. »

Les amis, c'est Max Jacob qui habite à deux pas de là et Braque, rue d'Orsel ; c'est Derain qui vient d'enlever à son mari la jeune Alice Princet qui fut, elle aussi, maîtresse et modèle de Picasso. C'est Jarry qui, en 1907, avant de mourir, léguera à Pablo son pistolet. C'est Ambroise Vollard, le marchand de tableaux, amené par Guillaume au *Bateau-Lavoir*. C'est André Salmon et Vlaminck et tant d'autres.

C'est Guillaume surtout qui, en ces années-là, fait de l'atelier de Pablo, son refuge et sa cantine. Dès qu'il est libéré de son travail, à la banque de la rue Caumartin, il grimpe au *Bateau-Lavoir*.

En 1907, il quittera enfin le domicile de sa mère pour s'installer au pied de Montmartre, rue Léonie (aujourd'hui, rue Henner), d'où il viendra, en voisin, goûter au « riz à la valencienne », que Fernande réussit très bien. Quelque peu pique-assiette, le cher Guillaume. Toujours prêt à se faire inviter. Et même radin au moment de l'addition, si l'on en croit son amie Gertrude Stein qui parle de « *sa répugnance extrême à payer et son adresse à ne point payer*[2] ». Il est vrai qu'il ne roule pas sur l'or. « *Quand trouverai-je les trois cents francs par mois nécessaires pour que je puisse me livrer à la littérature*

1. F. Olivier, *Picasso et ses amis*, Stock, 1954.
2. G. Stein, *Autobiographie d'Alice Toklas*, Gallimard.

poétique de mon cœur, sans être obligé d'écrire de stupides circulaires financières... ?[1] »

C'est par Braque et Picasso qu'en 1907, Guillaume va rencontrer Marie Laurencin. Elle a vingt-deux ans et elle apprend la peinture sur porcelaine, à l'académie Humbert. Il aura une liaison avec elle jusqu'en 1913 et elle lui inspirera quelques-uns des plus beaux poèmes d'*Alcools*.

Fernande se souviendra longtemps de Guillaume surgissant dans l'atelier, avec son complet de gros tissu anglais, le canotier trop petit pour son crâne, sa tête en forme de poire, ses traits aigus, ses petits yeux très rapprochés du nez arqué, long et fin, ses sourcils comme des virgules, sa bouche petite qu'il réduit en parlant, comme pour donner plus de mordant à ce qu'il dit. Elle nous racontera son gros rire, interrompu par le cri aigu de Marie Laurencin qu'elle appelle « le cri du grand lama[2] ».

Fernande n'a pas beaucoup de sympathie pour Marie qu'elle trouve laide, poseuse et sans-gêne. Jalousie de fille qui fut la seule, jusqu'à l'arrivée de Marie, parmi les hommes de « la bande à Picasso » ? Mais, à cause de Guillaume, elle la tolère et Marie fera partie des expéditions de la bande, quitte à rentrer chez sa mère, quand l'atmosphère lui devient insupportable ou quand elle se dispute avec Guillaume.

Montmartre d'avant la guerre de 1914, ne ressemble pas du tout au Montmartre touristique que nous connaissons. C'est encore un vrai village avec des maisons basses, des terrains vagues, des jardins, des guinguettes et

1. Cité par P. Caizergues dans *Souvenirs de la Grande Guerre*, Montpellier, 1980.
2. F. Olivier, *op. cit.*

une foule de petits commerces et de restaurants très modestes qui attirent là de jeunes artistes, rapins, sculpteurs ou poètes, fauchés pour la plupart, mais qui y trouvent tout de même leur pitance, grâce à la sympathie et à la générosité des commerçants qui leur font souvent crédit. « *On pouvait passer un mois avec cinquante francs... et régler le marchand de couleurs*[1]. »

Quand Fernande n'a pas envie de faire la cuisine, la bande du *Bateau-Lavoir* va se restaurer dans les environs. Le plus souvent chez Azon, un petit restaurant à l'enseigne facétieuse des *Enfants de la Butte*, au coin de la rue Ravignan et de la rue des Trois-Frères. On peut y dîner pour 90 centimes et le père Azon fait volontiers crédit. Fait même tellement crédit aux artistes qu'il s'y ruinera et finira plongeur au *Mahieu*, boulevard Saint-Michel !

Ils vont aussi souvent chez Vernin, rue Cavallotti, près du mont-de-piété, restaurant à l'enseigne des *Arts*, bien qu'il soit également très fréquenté par des ouvriers et des petits employés. Là, Guillaume et ses amis se régalent de plats parisiens : bœuf mode ou côte de porc charcutière.

Max Jacob, qui adore composer des chansons sur tout, a fait un couplet sur Vernin que les autres braillent en chœur :

« Ça m'embêt' d'aller chez Vernin
Mais il faut y aller tout de même
Parce qu'on y prend des verr' nains
Et des fromages à la crè-è-me... »

Le père de Max Jacob, venu de Quimper, a débarqué un jour chez Vernin pour payer les dettes de son fils. Et, pour être sûr que Max va manger à sa faim, il fait un accord avec le patron : il répondra désormais des dettes de son fils jusqu'à 500 francs, à condition que celui-ci limite son menu à : potage ou hors-d'œuvre, un plat

1. F. Olivier, *op. cit.*

garni, fromage ou dessert, café à midi et un demi-setier de vin ordinaire. Mais, dès que son père a tourné les talons, Max prend un autre accord avec Vernin : il pourra échanger un hors-d'œuvre contre une mominette (absinthe servie dans un verre à bordeaux) ou un Picon-citron contre un veau Marengo, afin de pouvoir offrir un verre à ses amis. La plupart du temps, Max se contente de manger du tout-cuit, acheté chez l'épicière de la rue Ravignan. Il lui arrive aussi de faire son ordinaire de riz au lait, comme Salmon d'huîtres, quand ils n'ont pas assez d'argent pour se nourrir autrement.

Parfois, on commande un repas au pâtissier de la rue des Abbesses qui fait crédit sur le jambon de Bayonne et livre, à domicile, le panier du repas.

On se donne rarement rendez-vous, à Montmartre, sûrs de se retrouver ici ou là, chez *La Mère Catherine*, place du Tertre, au *Chalet*, chez la grosse Adèle, si dévouée aux artistes ou, encore, chez l'Alsacien, patron du *Clairon des chasseurs à pied*, dont l'enseigne ravit Mac Orlan et Guillaume. L'heure de l'apéritif les rassemble aussi au premier coude de la rue Lepic, au *Téléphone* ou au *Zut*, rue Ravignan, dont Picasso et Pichot ont décoré les murs.

Quand Pablo a vendu un dessin ou une toile, quand Guillaume a touché une « pige », quand le père de Jacob a envoyé un mandat ou quand Max, très versé dans l'astrologie, a vendu quelques horoscopes dans le quartier, c'est la fête. On s'offre un bon repas au *Coucou*, petit restaurant italien de la place du Tertre (100 sous, prix fixe) ; ou à la carte, à *L'Escargot* rue Lepic ou encore chez Mme Coconier qui tient table d'hôtes rue Lepic et dont le poète-diplomate Jean-Marie Levey est un habitué.

Les soirées se terminent souvent au *Lapin agile*, rue des Saules qui sera, jusqu'en 1914, le cabaret préféré de la bohème montmartroise.

Sur la façade de la guinguette, André Gill, l'ancien

propriétaire, a peint un lapin qui sort d'une casserole en tenant une bouteille ; à quoi Frédéric Gérard dit Frédé, à qui Bruant a légué le *Lapin agile*, a ajouté cette sentence, peinte sur les volets : « *Le premier devoir d'un honnête homme est d'avoir un bon estomac.* »

Guillaume et ses amis ont de bons estomacs et s'ils ne peuvent, souvent, satisfaire leur gourmandise, faute d'argent, elle les inspire parfois dans leurs créations respectives. Ainsi du *Pot-au-feu*, peint par Picasso en 1906, avec ses légumes sur une assiette, un pichet et une femme nue, en honneur de Fernande. Guillaume, pour sa part, truffera ses chroniques, ses romans et ses écrits intimes de recettes ou d'évocations culinaires.

Au *Lapin agile*, la femme de Frédé, Berthe la Bourguignonne, est une admirable cuisinière qui fait des dîners succulents — et parfois sur commande — pour 2 francs par personne, avec le vin à discrétion. Et la bouillabaisse de Frédé, ancien poissonnier, est renommée dans tout Montmartre. Étrange personnage que ce Frédé, dit « le Barde » dont Fernande décrit le « *sourire plein de candeur et d'astuce à la fois avec, au fond de ses petits yeux fureteurs, un éclair de cruauté et de cupidité qui surprenait quand on le saisissait.*

« *Ô les cerises à l'eau-de-vie à quelques sous la coupe, remises dans le bocal, quand un consommateur en laissait*[1] ». Ce que Frédé utilisait en des mélanges bizarres, à base de restes de vin... « *grenadine et une goutte d'alcool peut-être ou d'un autre ingrédient indémêlable, que nous avalions sans y attacher d'importance, tellement nous étions captivés par cette ambiance qu'à l'aide du vieux Barde nous avions créée et où nous nous pluisions*[1] ».

La clientèle du *Lapin* est un curieux mélange de rapins, de sculpteurs, d'acteurs, de filles — ou mannequins ou modèles ou putes ou les trois à la fois —, de

1. F. Olivier, *Souvenirs intimes*, Calmann-Lévy, 1988.

poètes et de voyous. Montmartre en effet, est, au début du siècle, un quartier violent sous ses airs bon enfant, où l'on ne s'aventure pas sans risques, à la nuit tombée. Les « mauvais garçons » y règlent leurs comptes à coups de surin, de pistolet, de rasoir ou même de tire-bouchon. Le propre fils de Frédé, le « beau Victor » qui fait pâmer les filles, se fera descendre à coups de revolver, une nuit de 1911, debout, devant sa caisse du *Lapin agile*. Picasso, pour sa part, ne sort jamais à la nuit faite sans son *browning* hérité de Jarry et dont il s'amuse même parfois à tirer un coup, dans la nuit, pour s'amuser.

Francis Carco, habitué du *Lapin* a raconté ses lampes voilées de foulards rouges, son plafond bas et culotté par la lourde fumée des pipes, son immense Christ, sculpté par Wesley, qui voisine avec des moulages obscènes et des toiles de Picasso, Utrillo, etc., dans la grande salle où Frédé chante en s'accompagnant d'une guitare ou d'un violoncelle. On chante beaucoup au *Lapin* et, certains soirs, si fort, qu'on ne s'y entend plus.

Guillaume retrouve là de jeunes écrivains comme Mac Orlan ou le reporter Roland Dorgelès qui sont, comme Carco, absolument fascinés par les mauvais garçons et les filles qui fréquentent le *Lapin*. Leurs futurs livres en témoigneront.

Modigliani qui a débarqué en 1906 à Paris de son Italie natale a, sur le conseil de Picasso, abandonné son hôtel près de la Madeleine, pour venir habiter Montmartre. S'il ne va jamais au *Bateau-Lavoir*, par timidité peut-être, il surgit souvent la nuit, au *Lapin agile*, saoul de haschich, de vin, ou des deux, en compagnie de Maumau Utrillo, en qui il a trouvé un solide compagnon de beuverie. Y viennent aussi deux jeunes acteurs dont on parlera longtemps : Harry Baur et Charles Dullin qui récitent des vers de Villon ou de Jules Laforgue.

Le *Lapin* n'a pas d'heure de fermeture et il arrive souvent à nos lascars noctambules de quitter le cabaret à l'aube. Guillaume prétend qu'il a de moins en moins envie de dormir à partir de minuit parce que, dit-il, le soleil commence à remonter de l'autre côté de l'horizon. Frédé aime beaucoup la bande du *Bateau-Lavoir*. Fernande raconte ses visites à l'atelier, apportant de quoi faire un *vrai* dîner ou un sac de charbon, dans sa charrette tirée par son âne Lolo. Et il fait carrément entrer Lolo dans l'atelier. Lolo qui, un soir, y broute des foulards de soie et un paquet de tabac gris (à 0,50 F !).

Le même Lolo qui sera utilisé par Roland Dorgelès et André Warnod, pour faire une blague. Ils lui tremperont la queue dans un pot de peinture que Lolo agitera sur une toile blanche. Et le tableau abstrait, ainsi obtenu, sera signé : Joachim, Raphaël Boronali (anagramme d'Aliboron). On l'exposera au *Salon des Indépendants* sous le titre : « Et le soleil se coucha sur l'Adriatique ». Et le Tout-Paris snob de s'extasier sur l'œuvre de ce peintre inconnu. Le critique de *La Lanterne* y détectera même « une précoce maîtrise » !

La Belle Époque adore les plaisanteries, les farces, les mystifications et les jeux de mots, parfois cruels, souvent très drôles. Guillaume et ses amis sont, en cela, bien de leur temps. À peine sortis de l'adolescence, en ce début de siècle, ils sont, malgré leurs angoisses d'hypersensibles, très gais et volontiers facétieux.

J'aime à imaginer, avec l'espièglerie et la féroce bonne humeur de leurs vingt ans, ces vieux morts que leur gloire a pétrifiés en personnages solennels et gourmés. C'est de leurs rires juvéniles et de leurs gourmandises que je cherche inlassablement l'écho sur les deux rives de la Seine.

Dieu sait si la joyeuse bande du *Bateau-Lavoir* pouvait être inventive et bruyante quand elle se déchaînait, aux beaux soirs de Montmartre. Écoutons encore Fernande Olivier : « *Max Jacob, Apollinaire venaient chaque jour et Max, si spirituel, si amusant, si plein de vie, de dynamisme, était le dispensateur de nos jeux. Picasso et Guillaume pouvaient rire toute une soirée des propos, des inventions, des chansons, des jeux de physionomie de Max. La folie nous gagnait quelquefois et, comme des enfants, nous nous encouragions mutuellement, c'était à qui se démènerait le plus*[1]. »

Comme toute bande qui se respecte, ils ont leur code, leur langage et, aussi, leurs têtes de Turc. Matisse, par exemple, qui est jaloux de Picasso et ne l'aime guère — ce que l'autre lui rend bien !

Un soir, ils prennent pour cible, un portrait de sa fille Marguerite que Matisse vient d'offrir à Pablo et le criblent de fléchettes Eurêka. Il leur arrive aussi d'aller, la nuit, *tagger* — si j'ose dire ! — les murs de Montmartre, y inscrivant des appréciations vengeresses telles que : MATISSE REND FOU... MATISSE EST PLUS DANGEREUX QUE L'ALCOOL... MATISSE A FAIT PLUS DE MAL QUE LA GUERRE.

Degas, d'âge à être leur père, en prendra aussi pour son grade. André Salmon racontera comment ils jouaient à « faire Degas ». « Qui fait Degas, aujourd'hui ? » demande l'un d'eux. Le volontaire commence alors une imitation du vieux peintre — dont le mauvais caractère et les bougonneries sont notoires —, visitant Picasso et le jugeant. Mais Degas peut céder la place à d'autres aînés jugés aussi sévèrement. « Faire » Degas ou Bouguereau ou Courbet, c'est, pour ces jeunes gens, adeptes d'un esprit et d'un art nouveaux, une façon de conjurer par la dérision, ce qu'ils ne veulent surtout pas devenir, quand ils seront vieux.

Il leur arrive parfois de se mettre à crier dans la rue : « À bas Rimbaud ! » Ou, plus souvent : « À bas Laforgue ! » Pourquoi Laforgue ? Allez savoir ! D'autant plus que c'est à ce jeune poète, mort à vingt-sept ans, quand ils étaient encore marmots, qu'ils empruntent certaines phrases qui leur servent de code pour un usage familier. Par exemple : « *Je suis dégoûté des fraises des bois !* »

1. F. Olivier, *op. cit.*

pour signaler qu'on a le cafard. Ou encore, pour indiquer qu'une situation est catastrophique : « *On ne peut plus s'asseoir, tous les bancs sont mouillés !* »

C'est à qui trouvera la plaisanterie susceptible de surprendre ou de provoquer « le bourgeois ». Et Guillaume tient bien sa partie dans ce concert. Il invente, par exemple un jeu de rue qui consiste à estimer, à voix haute, la valeur marchande des portails sculptés des vieux hôtels du Marais. Puis des portes ordinaires. Ou bien, se faisant passer pour un juif très pratiquant, il va avec un de ses amis dans un bordel de la rue des Rosiers où il fait tourner la patronne en bourrique, exigeant d'elle la preuve que sa maison est bien *cashère* parce qu'il ne saurait, dit-il, monter avec une femme qui ne le serait pas.

Volontiers porté à la plaisanterie scatologique — ce qui exaspère son ami Rouveyre —, Guillaume ne passe jamais devant certain pâtissier du passage Guénégaud, sans lever une jambe et péter sur l'étal des gâteaux. Il tient aussi une théorie farfelue sur la qualité réchauffante du papier journal. Un jour, pris de colique, il achète un numéro du *Temps*[1] et se l'applique sur le ventre, en expliquant gravement au marchand de journaux que, contre la colique, aucun journal ne vaut *Le Temps*.

Certains soirs, Guillaume descend avec la bande au Quartier latin. Parmi ses amis de l'autre rive, il y a Nicolas Deniker, fils du bibliothécaire du Muséum d'histoire naturelle. Les Deniker habitent le Jardin des Plantes, dans la maison de Buffon. Nicolas a la clef du jardin où il amène ses copains pour deviser, la nuit, au sommet du labyrinthe, sous le cèdre du Liban. Une nuit, Paul Fort sème la panique en asticotant avec sa canne, deux otaries qui sommeillent dans un bassin ; réveillées, elles se mettent à pousser des cris en ameutant le voisinage.

Guillaume aime beaucoup ce Nicolas qu'il a rencontré

1. Sérieux journal de l'époque, ancêtre du *Monde*, qui excluait toute fantaisie de ses colonnes.

aux soirées poétiques de *La Plume*. Ils partagent un appétit faramineux et le goût des femmes. Pour vivre, Nicolas rédige des articles de vulgarisation scientifique. Se trouvant un jour en possession de la somme rondelette de 2 000 francs, Nicolas interroge ses amis : Vaut-il mieux, pour cette somme, qu'il s'offre deux demi-mondaines de bonne réputation ? Ou vingt poules convenables à 100 francs ? Ou cent petites grues à un louis ?

Conférence sous le cèdre. On lui répond que mille garces à 40 sous lui seront encore plus profitables. Finalement, on entraîne Nicolas pour dépenser son argent avec lui en de multiples libations au bar *Lempereur*, le moins cher du boulevard Saint-Michel.

RENDEZ-VOUS AU *VACHETTE*

> *« C'est au café Vachette que les jeunes gens gagnent les dyspepsies qui, vers 40 ans, leur font une physionomie distinguée. »*
>
> Maurice BARRÈS

Au tournant de l'ancien et du nouveau siècle, tout jeune homme monté de sa province à Paris avec l'ambition de faire carrière dans les arts, les lettres ou le journalisme, passait par le *Café Vachette*, au Quartier latin et par *La Closerie des Lilas* à Montparnasse. Ils étaient assurés d'y trouver, en permanence, de brillants aînés susceptibles de leur donner conseils ou aide. Guillaume ne dérogera pas à cette tradition.

À l'angle de la rue des Écoles et du boulevard Saint-Michel était le fameux *Café Vachette*, fondé en 1860 et démoli en 1913. Une banque l'a remplacé aujourd'hui.

Trois pièces en rez-de-chaussée avec, sur les murs et le plafond des fresques où s'ébattaient des Cérès et des Pomone en tenues légères. Un escalier intérieur, dit « des Huguenots », menait à la salle de restaurant, au premier étage.

Le menu de juin 1894 y annonce des pieds de mouton poulette et toute une semaine de plats du jour, allant du navarin aux pommes aux tripes à la mode de Caen, en passant par le sauté de veau Marengo, le cassoulet toulousain, le goulasch à la hongroise ou la culotte de bœuf pochée flamande. Déjeuner : 3 francs et dîner : 3,50 francs. Pour 1 franc, on a une carafe de chablis. Mais une consommation de 40 centimes plus 2 sous de pourboire permettent d'y rester jusqu'à une heure du matin.

Au rez-de-chaussée du *Vachette*, Verlaine avait éclusé des hectolitres d'absinthe et Willy y avait exhibé sa jeune épouse bourguignonne. Entre le bruit des joueurs de dominos, de bridge ou de poker, son rez-de-chaussée bombille de cancans et de disputes littéraires, de tirades poétiques et de mots d'esprit.

En 1903, la vedette du *Vachette* est le poète Jean Moréas, de son vrai nom Papadiamantopoulos, venu de Grèce à Paris en 1882, grand spécialiste de la poésie française du XVIe siècle. Poète symboliste, il est le contempteur de l'anarchie poétique. Avec son ami Charles Maurras — également client du *Vachette* — il a fondé « l'école romane », pour un retour aux disciplines classiques. Le terrible Max Jacob l'a surnommé « Matamoréas » à cause de son caractère bruyant et despotique tandis qu'André Salmon, agacé par l'étalage que fait Moréas de ses querelles littéraires, de ses duels et de ses succès féminins, ne l'appelle jamais autrement que « le Levantin noceur ».

Faisant déjà, avec ses quarante-sept ans, figure de pépé mais d'un pépé qu'on appelle « Maître », Moréas trône quotidiennement au *Vachette*, à la première table à gauche, en entrant par le boulevard, buvant son café ou son whisky à l'eau. Il est entouré d'une cour de jeunes écrivains comme Henri de Régnier, Pierre Louÿs ou P.-J. Toulet, fou d'admiration pour ses stances et fasciné par son insolence.

Une nuit, Toulet s'est égaré avec Moréas dans un cabaret très mal famé, *L'Ange gardien* où des voyous accompagnés de leurs « nénesses », se sont mis à se moquer bruyamment de la moustache de Moréas et de son ruban rouge. Toulet, tout de même inquiet de la tournure que prend la soirée, a la stupeur de voir Moréas se dresser et répondre aux voyous, en ajustant son monocle d'un air hautain : « Mais moi aussi, vous savez, j'ai été maquereau ! »

On voit aussi, au *Vachette*, près de Moréas, le jeune normalien Jean Giraudoux qui s'entend admirablement bien avec Toulet. Il goûte son humour acéré dont Hugo, Flaubert et Michelet font les frais, sa façon drôle de franciser les noms étrangers et il partage avec lui une passion pour le *Dictionnaire historique* de Bayle. Giraudoux qui échange taquineries et bourrades avec André Billy tandis que Bernard Grasset, affligé d'un tic qui lui fait froncer le nez comme un lapin devant une feuille de chou, Grasset qui vient de fonder sa maison d'édition, courtise ce Giraudoux, âgé comme lui de vingt et un ans, pour qu'il lui confie son premier roman.

Ainsi entouré, Moréas se pavane, lance des mots : « Appuyez-vous sur les principes, ils finiront bien par fléchir. » Ou encore : « J'adore les jeunes gens. Ils sont charmants parce qu'ils sont ridicules ! »

À un critique qu'il a insulté et qui le provoque en duel, Moréas répond : « Impossible ! Je ne puis plus maintenant lutter qu'avec Sophocle et Euripide et ils sont morts. »

Un jour, il déclare gravement : « Il n'y a, au fond, que trois grands poètes : Régnier, Verlaine et moi. » Après le départ de Régnier, il ajoute : « J'ai dit Verlaine parce qu'il est mort et Régnier parce qu'il était là ! »

Tout est poésie, au *Vachette*, jusqu'au garçon, Isidore, qui se croit poète, lui aussi, et n'apporte jamais son café à Moréas sans annoncer :

« Au maître Moréas
J'apporte un café-tasse. »

Et Guillaume Apollinaire hurle de rire en se pinçant le nez, du geste qui lui est familier. Parfois vient le rejoindre au *Vachette* son ami André Tudesq, jeune poète qui a été engagé au *Journal* comme grand reporter. Et Dalize, si *camé* mais si drôle. Son éternel parapluie sous le bras, il se tire la langue devant les miroirs du *Vachette* en disant : « Beau sabotage d'existence ! » Enseigne de vaisseau, Dalize qui a choisi ce pseudonyme littéraire — de son vrai nom, il est Dupuy des Islettes — à cause des vents alizés, Dalize quittera la marine et sera l'auteur de *Les vieux ont soif* (pour embêter Anatole France que Guillaume et lui, détestent !), d'un autre essai : *Variations sur le cannibalisme — Pour mes fils quand ils auront 75 ans*. Il rédigera aussi un feuilleton pour *Paris-Midi*, intitulé *Le Club des intoxiqués*, ce qui ne manque pas d'air, quand on connaît ses goûts !

Guillaume aura beaucoup de chagrin quand cet ami d'enfance qui le fait tellement rire, avec qui il aura partagé tant de gourmandises, « *Le plus ancien de mes camarades, René Dalize*[1] », sera tué devant Craonne, en 1917.

Au *Vachette* vient parfois André Billy qui est critique littéraire à *L'Œuvre* ou Gabriel Boissy, journaliste à *L'Intransigeant* qui inventera, après la guerre, le culte au Soldat inconnu. Ou encore le jeune historien Maurice Maindron, gendre bruyant de José Maria de Heredia, qui s'amuse à briser les siphons dans les cafés. Guillaume a ses têtes ; s'il aime beaucoup Willy dont les calembours l'amusent — « Un sot trouve toujours un puceau qui l'admire. » — ou Léon-Paul Fargue qui l'a séduit avec son « *Que les capitaines vainqueurs ont une odeur forte*[2] », Guillaume déteste le poète Maurice Magre qu'il traite, dans son journal intime de *maquereau-tapette* ou

1. Vers de « Zone », le premier poème d'*Alcools*, Gallimard.
2. Que Gide s'attribuera.

péteux de Toulouse et à qui il reproche de prétendre que *parfeigne* (parfum) peut rimer avec *faim.*

Moréas, en revanche, avec ses éclats, sa culture, son esprit et ses foucades, fascine Guillaume. Ils ont en commun le même goût pour les plats méridionaux et ils vont ensemble dans un petit restaurant italien de la rue de la Sorbonne où Moréas exige, à chaque fois, qu'on lui serve des anchois de Castellamare. Ou bien, après un apéritif avec Paul Fort au *Gambrinus*, près du Luxembourg, ils redescendent le boulevard pour se régaler d'escargots, au coin de la rue Monsieur-le-Prince et du Boul' Mich'. « L'escargot est à nous, dit Moréas, comme la rose est aux fleurs. » Moréas entraîne aussi Guillaume, la nuit, aux Halles, boire du vin blanc en dégustant des oursins, tandis que le jeune homme écoute le « Maître », parler avec enthousiasme de Dante, Villon ou Shakespeare.

Guillaume, en ces années-là, n'a pas beaucoup d'argent pour satisfaire sa gourmandise. Moréas non plus qui vit dans un gourbi de Montrouge. Mais le Paris des artistes, à Montmartre ou à Montparnasse, celui des étudiants, au Quartier latin, fourmille d'endroits où l'on peut apaiser sa faim pour des prix modiques. Dans la crémerie chaude de la rue de la Montagne-Sainte-Geneviève, le bol de soupe aux poireaux-pommes de terre ou le bol de chocolat ne vaut que 20 centimes. Une côtelette : 40 centimes. Et le pain est donné.

Il y a, près de la Seine, rue de l'Hirondelle, une boulangerie-bar et, dans la même ruelle, *Le Caveau de la Bolée*, dont le patron Hubert, dit Pépère, profère d'étranges proverbes comme :

« Veau mal cuit et poulets crus
Font les cimetières bossus. »

Francis Carco appellera dans ses souvenirs [1] Hubert le Magnanime, ce philanthrope et joyeux vivant qui efface

1. F. Carco, *De Montmartre au Quartier latin*, Albin Michel, 1927.

souvent de son ardoise, les dettes des jeunes poètes qui fréquentent son cabaret.

Le samedi soir, avant de se rendre aux soirées de *La Plume*, au *Caveau du Soleil d'or*, Guillaume et ses amis, quand ils sont en fonds, vont dîner au *Café de Flore*, boulevard Saint-Germain, à l'époque un petit café tranquille. Mais le dîner y coûte 3 francs, ce qui est cher pour les poètes. Plus souvent ils vont dîner, rue de Seine, près du passage Guénégaud.

Ce *Café de l'Odéon*, est ainsi nommé parce que son propriétaire, Jean Ginisty, porte le même nom que le directeur du théâtre de l'Odéon. Guillaume et ses amis en feront leur restaurant de prédilection car on peut y dîner pour 22 sous, à condition de se contenter de vins ordinaires et de plats servis à même le marbre. Et le « père Jean » fait crédit aux poètes. Il suffit de signer son addition sur un bout de papier, de 90 centimes à 1,50 franc, les soirs de folie. « *Tous les jours, on était là, trois, quatre, six ou dix (...) Maigre repas, festin quand même, banquet symbolique*[1] *!* »

De l'*Odéon* à *La Closerie des Lilas*, la nuit s'étire de cafés en lupanars. Les alentours de la rue de Buci sont les plus mal famés avec leurs gouapes, et leurs bordels à bon marché, leurs joueurs de bonneteau, leurs maquereaux et leurs voleurs. Les patrons des bistrots, quand ils doivent rendre la monnaie d'une pièce d'or, tirent un marteau de leur tiroir. Un des bordels de la rue de l'Échaudé a même été surnommé par les poètes « Le Mercure de France », parce que sa patronne s'appelle Rachilde !

La nuit est très gaie. Les cafés du boulevard Saint-Michel ferment tard. Certains ont leurs habitués car, comme disait Courteline : « Il est plus facile de changer de religion que de café. » On s'arrête à *La Source*, au *Balzar*, fréquenté par des profs et dont le patron dit :

1. A. Salmon, *op. cit.*

« Moi qui n'ai pas l'intelligence déformée par l'instruction, je leur faisais remarquer... » On passe au *Steinbach*, au d'*Harcourt*, au *Cardinal*, au *Mahieu* où l'on peut lire gratuitement *La Revue des Deux-Mondes*.

La vie de café bat son plein. Léon-Paul Fargue raconte l'amertume de Moréas, obligé à la fin de sa vie, pour raison de santé, de moins venir au café : « *Je n'appelle pas ça venir au café. Autrefois, j'y arrivais à huit heures du matin et j'en sortais à cinq heures du matin, le lendemain. Voilà qui s'appelle aller au café*[1] *!* »

En dehors des restaurants et des brasseries, il y a les amis installés qui invitent. Guillaume va souvent rue des Feuillantines, chez le peintre Cazals qui a été l'ami de Verlaine. Les Cazals habitent un pavillon, en fond de cour, dans ce qui reste de la maison d'enfance de Victor Hugo. La femme de Cazals réserve à Guillaume le même menu qu'à Verlaine : des haricots rouges cuits dans le vin.

Et puis il y a les banquets, les innombrables banquets que cette époque si conviviale et si gourmande organisera à la moindre occasion jusqu'en 1914. Banquet pour Moréas en 1891, pour Octave Mirbeau (100 sous le couvert, pourboire et discours compris), banquet Rodin, offert par le député socialiste Gérault-Richard, aux frais du prince de Monaco. Banquet de *La Phalange* en 1908 où Guillaume rencontrera Gide et le jeune Cocteau. Banquet pour Paul Fort, élu « Prince des Poètes », en 1902, où l'on dîne à Luna-Park, « *sur un pont jeté au-dessus d'une mer en tôle ondulée où naviguaient des fauteuils*[2] ». Humble banquet, quelque peu débraillé offert au *Bateau-Lavoir* par Guillaume et Picasso au vieux peintre Rousseau, dit « le Douanier ». Certains banquets peuvent rassembler trois cents convives. Beaucoup se terminent mal car, le vin échauffant les têtes, les discus-

1. L.-P. Fargue, *Poison*, Éd. Le Temps qu'il fait, 1992.
2. G. Apollinaire, *Variétés*, Pléiade 2, Gallimard.

sions éclatent et, parfois, les bagarres. En janvier 1908, au banquet donné en l'honneur de l'écrivain Paul Adam, le jeune Louis de Gonzague Frick, brise une grande glace à coups de pied sans doute pour interrompre la monotonie d'un trop long discours.

On mange dans les banquets, on boit, on chante et l'on déclame. C'est une occasion de se réunir et de se faire entendre mais aussi pour beaucoup de ces jeunes bohèmes qui ne mangent pas toujours à leur faim, c'est une occasion de faire un bon repas, souvent gratuit.

Et quand il n'y a pas vraiment de motif à faire un banquet, on en invente un. Ainsi, le 15 août 1912, l'écrivain italien Ricciotto Canudo, ami de Guillaume et qui sera son voisin à Auteuil, organise un banquet en souvenir de la mort de Roland à Roncevaux, le 15 août 778 !

A

mé ri caine apprenant
la
pein
tu
re
la sculp
ture la gra
vure la couture
l'architecture
la caricature
l'agriculture
la littérature
et faisant mille con
jectures sur la
na tu
re

PIGALLE-AUX-VINS
ET POULET DES ÎLES

J'ai sous les yeux une photographie de *La Closerie des Lilas* en 1910 qui n'a rien à voir avec notre *Closerie* très chic d'aujourd'hui. C'est un tout petit café avec un store rayé dont le volant annonce qu'il y a salons et billard au premier étage. Au-dessus de la porte, un panneau de bois propose des déjeuners de 1,90 F à 2,50 F.

Ouvert en 1903, au rez-de-chaussée d'un immeuble neuf, à l'emplacement d'une ancienne guinguette qui servait de relais aux diligences de Paris à Orléans, ce café très modeste sera fréquenté, pendant plus de trente ans, par des artistes et des écrivains prestigieux, venus du monde entier, accompagnés de leurs « muses » plus ou moins provisoires.

C'est Paul Fort qui, le premier, va y attirer des poètes. Séduit par le calme de cette *Closerie* — appelée familièrement *Les Lilas* —, il y entraîne Guillaume et André Salmon rencontrés aux soirées de *La Plume* et qui l'ont ébloui. *Les Lilas* vont devenir le quartier général de leur revue *Vers et Prose* (1905), dont les soirées du mardi auront vite fait de transformer le calme des lieux en tohu-bohu littéraire. On y verra Jarry loger une balle dans la glace en s'écriant : « Maintenant que la glace est rompue, causons ! » tandis que Moréas adresse ce distique perfide à une dame très pâle :

« Ce soir, vous ressemblez, adorable Clorinde
À l'hermine, au rat blanc et même au cochon d'Inde. »

ou conseiller à Paul Fort, son cadet : « Aérez, aérez les mots ! Qu'ils soient de ces flammes légères dansant plus haut que les flambeaux... »

L'atmosphère des *Lilas*, parfois houleuse quand l'absinthe, le stout ou le Picon-citron poussent au rouge les discussions, est d'une grande gaîté car sa clientèle est très jeune. L'été, sur la terrasse bien ombragée, du côté de la statue du maréchal Ney, Modigliani croise Pierre Benoit, le grand Billy bavarde avec le baron Mollet dont la mère tient une pension dans les environs et l'on entend fuser le rire de Guillaume, assis entre Picasso et Derain, quand on lui raconte que, la veille au soir, une petite actrice du théâtre Montparnasse, au lieu de prononcer sa réplique : « Messeigneurs, voici le Régent... » a bafouillé : « M'sieurs, dames, voici le gérant... » De l'autre côté du boulevard parviennent les flonflons du bal Bullier où l'on a vu, en 1892, le bel Henri de Régnier, coqueluche du Quartier latin, faire le grand écart et marcher sur les mains.

Les Lilas, comme tout Montparnasse, sont très cosmopolites. Les artistes étrangers, attirés par le mouvement impressionniste, ont commencé à affluer de tous les coins du monde. Du *Café de Versailles* au *Dôme* comme à *La Rotonde*, on s'interpelle en norvégien, en américain, en allemand et beaucoup en italien. Un soir, débarqueront aux *Lilas* soixante Chinois, élèves de l'École des Mines de Mons et Paul Fort y verra, en une seule soirée, un mage de Batavia, un brahme de l'Hindoustan et un Peau-Rouge, peintre et poète qui prétend descendre en ligne directe du frère de Colbert, marié à une Indienne, du temps qu'il était administrateur au Canada[1].

1. P. Fort, *Mes Mémoires* (1872-1943), Flammarion, 1944.

Guillaume et ses amis descendront souvent de Montmartre vers le Quartier latin, soit par l'omnibus Pigalle-Halle-aux-vins — dit Pigalle-aux-vins, pour faire plus court — mais le plus souvent, à pied, par mesure d'économie. Par mesure d'économie mais aussi par goût hérité des jeunes Romantiques. On marche beaucoup à Paris au début du siècle et sur des distances qui nous semblent aujourd'hui, incroyables. Vlaminck, par exemple, quand il n'a pas de quoi s'offrir un billet de train, vient de Chatou à Paris, à pied (douze kilomètres) et y retourne de la même façon.

À Paris, poètes, écrivains, artistes, déambulent la nuit à travers la ville en devisant, parfois jusqu'à l'aube. On se raccompagne d'un logis à l'autre et l'on se re-raccompagne.

Guillaume et ses amis gagnent la rive gauche par les Halles et traversent la Seine, soit par le Pont-Neuf, soit par le Pont-au-Change, avec des escales, ici et là, dans les innombrables cafés et restaurants qui bordent le chemin.

On s'arrête *Aux Trois Maillets*, cabaret de nuit des Halles où, dit Guillaume : « *Le patron savait par cœur des vers de ses clients qu'il récitait pour que ceux-ci vidassent les siens — pardon*[1] *!* » On s'arrête au *Café Zimmer* qui jouxte encore aujourd'hui le théâtre du Châtelet et demeure à peu près tel qu'il était à sa fondation en 1896, avec sa décoration très fleurie. Mais sûrement, c'était plutôt le bordel de son entresol — aujourd'hui transformé en appartements très convenables — que le café qui attirait Guillaume et ses amis !

On gagne le *Vachette* ou *Les Lilas* par le Boul' Mich' où le tramway maraîcher d'Arpajon descend sur les Halles dans un bruit de ferraille.

1. G. Apollinaire, *« Échos sur les lettres et les arts »*, L'Intransigeant, Pléiade 2, Gallimard.

Jusqu'en 1908, Guillaume fera partie des habitués de la fameuse cave du marchand de tableaux, Ambroise Vollard. Celui-ci a installé, rue Laffitte, sous la boutique poussiéreuse où il entasse des toiles de peintres contemporains, une sorte de salle à manger-cantine, assortie d'une cuisine. Ambroise Vollard y invite à dîner des peintres, des poètes comme Jarry ou Guillaume, quelques personnalités du Tout-Paris comme la belle Misia Sert, alors épouse du richissime Edwards. Une toile de Bonnard a immortalisé la cave de Vollard où défilèrent, entre autres, Renoir, Degas, Forain, Maurice Denis, Vlaminck, Derain et, bien entendu, Picasso et ses amis du *Bateau-Lavoir.*

Un plat copieux y est servi par repas et Guillaume se régale de la spécialité de la maison : le cari de poulet qu'Ambroise Vollard, natif de la Réunion, fait préparer avec beaucoup de soin. Dans *Le Flâneur des deux rives*, Guillaume consacrera un chapitre à la cave de M. Vollard : « *La cuisine y était simple mais savoureuse ; mets préparés suivant les principes de la vieille cuisine française, encore en vigueur dans les colonies, des plats cuits longtemps à petit feu, et relevés par des assaisonnements exotiques*[1]. »

1. Pléiade 3, Gallimard.

CARI DE POULET DE L'OCÉAN INDIEN

1 poulet de 3 livres ; 2 gros oignons ; 2 ou 3 tomates ; 50 g de curcuma écrasé ; 3 pincées de stigmates de safran rouge ; 1 cuillerée à soupe de gingembre frais écrasé ; 2 ou 3 grains d'ail écrasés ; 1/2 ou 1 cuillerée à café de piment rouge écrasé ; 4 ou 5 feuilles de carripoulé ou, à défaut, quelques pincées de quatre-épices ; 5 cuillerées à soupe d'huile ; thym, persil, sel, et 2 branches de menthe fraîche.

Couper le poulet en morceaux qu'on fait revenir dans l'huile chaude. Quand ils sont dorés, les ôter de la cocotte pour y mettre les oignons finement hachés, l'ail, le gingembre, les tomates épluchées et écrasées, le safran rouge et le curcuma. Remuer le tout. Ajouter carripoulé ou quatre-épices, 1 verre d'eau, le sel et le bouquet garni. Bien remuer, couvrir la cocotte et faire mijoter à feu moyen, pendant 5 à 6 minutes. Remettre les morceaux de poulet en les recouvrant bien de sauce et laisser le tout cuire à feu doux, pendant 20 minutes environ.

Servir avec un bon riz cuit à point et des salades fraîches (tomates, concombre ou salade verte finement ciselée).

Le curcuma longa *ou safran de l'Inde se présente sous forme d'un petit rhizome jaune d'or vif. Le* carripoulé *est un arbuste d'Asie tropicale, très commun dans les îles de l'océan Indien.*

LA FRIANDISE DE SINDBAD LE MARIN

« Quand les os sont pareils à des roseaux légers ;
L'heure comme une flûte au bord de la prairie :
Pavots de pourpre, ô vous dont l'ombre s'est fleurie,
Défendez-nous du jour et des pieds étrangers. »

P.-J. Toulet

Un soir de 1908, au restaurant *Azon*, la curiosité gourmande de Guillaume va se porter sur une nouvelle expérience : le haschich, avalé en pilules.

Ils sont six à table, ce soir-là : outre Guillaume et Marie Laurencin, il y a Picasso et Fernande, Max Jacob et Maurice Princet, un habitué du *Bateau-Lavoir* qui est actuaire et mathématicien.

Après le dîner, Marie Laurencin a regagné sagement le domicile maternel tandis que les autres vont terminer la soirée chez Princet où leurs délires respectifs nous seront racontés par Fernande, sans doute demeurée plus lucide : cauchemar de Picasso qui croit avoir découvert la photographie, se croit désormais condamné à peindre la même chose et veut en mourir, tandis que Max Jacob rayonne d'un bonheur silencieux, que Princet sanglote sur sa jeune femme qui vient de le quitter pour Derain et que Guillaume, lui, s'amuse comme un fou, se croyant dans un bordel imaginaire.

Ils fumeront aussi de l'opium, au *Bateau-Lavoir* même, transformé à certains moments en fumerie, car Picasso s'est procuré la pipe et le matériel nécessaires à la consommation de la « fée brune ».

Ils ne sont pas les seuls, en ce début de siècle. Ni les derniers. Depuis la moitié du XIXe siècle, la drogue se consommait à Paris mais circonscrite aux milieux artistiques et littéraires. Sur certain dessin de George Sand par Musset, la romancière est représentée tenant une longue pipe qui ne laisse aucun doute sur son contenu. Vers 1845, le fameux *Club des Haschichins* rassemblait, dans ses salons dorés du quai d'Anjou, Théophile Gautier, Delacroix, Baudelaire, le sculpteur Clésinger, gendre de George Sand, Meissonier, Alexandre Dumas et même Balzac qui, en 1845, raconta son expérience dans une lettre à sa chère Mme Hanska[1]. Sous la houlette de deux médecins, dont Joseph Moreau, célèbre aliéniste de l'époque, ils consommaient une pâte verte appelée *dawamesc*, sorte de loukoum à base d'une forte concentration de haschich et de sucre, aromatisée de musc, cannelle et pistache, dissoute dans du café fort ou enrobée de pain azyme.

Ils ne s'en cachaient guère, depuis la publication des *Paradis artificiels* de Baudelaire, les écrits de Gautier dans *La Revue des Deux-Mondes* ou même d'Alexandre Dumas qui, dans *Le Comte de Monte-Cristo* prend la voix de Sindbad le Marin incitant son hôte à goûter « *une espèce de pâte verte* » en lui disant : « *Êtes-vous un homme d'imagination, êtes-vous poète ? Goûtez encore ceci et les barrières du possible disparaîtront : les champs de l'infini vont s'ouvrir, vous vous promènerez libre de cœur, libre d'esprit dans le domaine sans borne de la rêverie.* »

Programme bien propre à séduire les jeunes artistes novateurs du *Bateau-Lavoir* !

1. H. de Balzac, *Lettre à Mme Hanska* du 23 déc. 1845.

La morphine, venue d'Allemagne, avait commencé à faire des ravages en France, à la fin du siècle et sur prescription médicale. Nos bonnes aïeules se « défonçaient » innocemment au laudanum — teinture alcoolique d'opium — à la moindre migraine ou crise de nerfs, avec l'approbation des médecins de famille ! Dans les villes d'eaux, vers 1885, l'usage de la morphine par piqûres est d'un usage quotidien et légal pour soulager les douleurs des goutteux ou des tabétiques (comme Alphonse Daudet). Passant des malades à ceux qui les soignent, « ... *la piqûre sévissait surtout chez les médecins, les pharmaciens, les hommes de lettres, les hommes politiques et, en général, les intellectuels comme on disait alors, puis chez les oisifs et les gens du monde*[1] ».

La cocaïne, dite « coco » — d'abord utilisée en « reniflettes » contre le rhume des foins — fera surtout des adeptes à partir de 1910 ; la répression légale des stupéfiants ne commencera à être sévère qu'en 1916.

Au temps d'Apollinaire et de Picasso à Montmartre, l'usage des drogues a déjà dépassé les milieux intellectuels pour gagner « le monde de la noce » et certains salons mondains. L'opium est à la mode. L'opiomanie coloniale, importée par les marins, au retour de la guerre du Tonkin, par exemple, a fait multiplier les fumeries, d'abord dans les ports. On fume à Toulon ou à Brest, comme à Bordeaux, Marseille ou Cherbourg. Les officiers de marine, comme Loti, Farrère ou René Dalize, l'ami de Guillaume, tirent tellement sur le bambou que le journal satirique *L'Assiette au beurre* représentera des jeunes officiers de la marine française, en kimono, en train de fumer, vautrés sur des nattes, avec cette légende : « *Nous coulons ? Et puis après ?* »

Picasso, Guillaume, Marie Laurencin seront des familiers de la femme de lettres américaine Gertrude Stein et

1. L. Daudet, *L'Homme et le Poison*, Nouvelle Librairie nationale, 1925.

de son amie Alice Toklas qui tiennent, rue de Fleurus, salon et table ouverte pour les écrivains et les peintres que le flair de Gertrude a détectés comme les meilleurs de leur temps. Le livre de cuisine de la gourmande Alice Toklas nous reste[1], avec ses recettes raffinées, parfois curieuses, glanées au cours de leurs voyages ou auprès de leurs amis. Parmi ces recettes, celle des *Fondants au haschich « que n'importe qui peut improviser un jour de pluie »* avec une introduction dont la candeur est assez plaisante : « *C'est la nourriture du Paradis — des Paradis artificiels de Baudelaire — : elle peut constituer une amusante friandise pour un club de bridge de dames ou une réunion de chapitre des D. A. R.*[2]*. Au Maroc, le haschich est considéré comme étant bon pour prévenir les rhumes pendant l'hiver humide, et il est effectivement plus efficace s'il est pris avec beaucoup de thé à la menthe très chaud. Une euphorie et de grands éclats de rire, des rêveries extatiques et une extension de la personnalité sur plusieurs niveaux simultanés sont à prévoir avec satisfaction. Presque tout ce que sainte Thérèse a fait, vous pouvez le faire encore mieux si vous acceptez de vous laisser aller à un évanouissement réveillé*[3]. »

Il n'y a pas que le haschich ou l'opium. L'éther dont use et abuse Max Jacob est très prisé, respiré ou bu, pur ou agrémenté de kirsch, ce que goûtera une fois — une seule ! — Francis Carco. Quant à Modigliani, il conjuguera l'alcool avec le haschich et l'opium.

Peu, parmi les jeunes écrivains de cette époque, échapperont à la tentation, même provisoire, des « paradis artificiels ». Ils sont encouragés par les expériences de leurs aînés et parce que s'étourdir est dans l'air du

1. *Le Livre de cuisine d'Alice Toklas*, Éd. de Minuit, 1981.
2. Daughters of the American Revolution : association de femmes américaines ultra-nationalistes et conservatrices *(N. d. T.)*.
3. Voir la recette des fondants d'Alice Toklas, p. 94.

temps et des milieux qu'ils fréquentent. De Proust qui avale du camphre pour aviver et raffiner sa mémoire à P.-J. Toulet, adonné à l'opium et au haschich entre deux whiskies, en passant par Jean Lorrain, Carco, Léon-Paul Fargue, Marcel Schwob et j'en passe. Même le fringant Jean Giraudoux fera dire à l'un de ses personnages dans *Provinciales* : « ... *il revit en panorama toute sa vie (...) il y avait enfin le jour où il avait avalé du haschich ; où son corps s'agrippait à chaque objet et s'étirait ; où sa jambe collée au trottoir s'allongeait comme de la guimauve*[1]... »

À Montmartre, à l'époque du *Bateau-Lavoir*, on trouve tout ce qu'on veut comme stupéfiants à manger, renifler, fumer ou s'infiltrer dans les veines, procurés à des prix variables par une faune de *dealers* connus de tous, sur la Butte, y compris de la police. Il suffit, par exemple, de s'adresser à l'un des pourvoyeurs de « la bande à Pépère », au peintre Louftinguette — qui mérite bien son surnom ! — à la Panthère au gros Raoul ou à certain pharmacien des environs de la place Clichy. Dans le maquis que remplace aujourd'hui l'avenue Junot, fonctionne un autre club de Haschichins.

Max Jacob introduira Guillaume, Pablo et André Salmon chez le peintre breton Pigeard qui tient fumerie d'opium dans son atelier. Grand nostalgique de la mer, Pigeard construit des yoles avec lesquelles, aux beaux jours, il va régater sur la Marne. Il a fondé l'*Union marine de la Butte* dont le siège est place du Tertre. Y sont admis tous les artistes bretons de Montmartre, plus Max Jacob parce qu'il est né à Quimper et Modigliani parce qu'il est né dans le port de Livourne. Fernande Olivier accompagne la bande chez Pigeard et racontera comment « ... *les amis plus ou moins nombreux mais*

1. J. Giraudoux, *Provinciales*, *« La Pharmacienne » VII*, *Œuvres romanesques complètes*, Pléiade, Gallimard.

fidèles, installés sur des nattes, connurent là des heures charmantes et pleines d'intelligence et de subtilité[1] ».

Picasso arrêtera net de consommer haschich ou opium, après le suicide de son voisin d'atelier, le jeune peintre allemand Wiegels. C'est Pablo qui le découvrira, pendu à une poutre. Dépression ou état de manque. Impressionné par cette mort et superstitieux comme il l'est, Pablo qui commence à gagner de l'argent, quittera même le *Bateau-Lavoir* en 1909 pour un atelier moins hanté et plus confortable, boulevard de Clichy.

Guillaume, lui, ne sera jamais un véritable drogué mais il continuera, de temps à autre à « tirer sur le bambou ». Par gourmandise. À Nice, en 1914, quand il rencontrera Lou dans la fumerie privée de l'officier de marine Borie, il composera pour la jeune femme un calligramme en forme de pipe à opium composée de ces mots : « *Et puis voici l'engin avec quoi pêcheur je capture l'immense monstre de ton désir qu'un art étrange abîme au sein des nuits*[2]. » Plus tard, il résumera ainsi son séjour niçois : « ... *Fumerie, cocaïnerie, la guerre était devenue paradis artificiel*[3]. »

Guillaume fumera avec ses amis, Salmon, Dalize, le journaliste André Tudesq, Jacques Dyssord et Picabia. Avec Sieger-Pascal, il fréquentera une fumerie élégante de l'avenue Henri-Martin où une certaine Mme Bargy reçoit le samedi.

Dans l'une de ses chroniques de *L'Intransigeant*, en mars 1910, Guillaume manifestera une curiosité certaine pour le mescal, drogue des Indiens de l'Orénoque que

1. F. Olivier, *Picasso et ses amis*, Éd. Stock.
2. Lettre à Lou, 8 octobre 1914, *Lettres à Lou*, Pléiade, Gallimard.
3. Lettre à Serge Férat, 4 janvier 1915, *Œuvres complètes*, Balland et Lecat, 1966.

les poètes et esthètes américains de Montparnasse viennent de découvrir. « *Attendons-nous*, écrit-il, *à voir ce rival du haschich et de l'opium faire bientôt son apparition en Europe.* » Trois ans plus tard, il signalera un bouquiniste auvergnat qui boit du mescal.

En 1903, Apollinaire notait dans son *Journal intime* la formule du *psaw des sorcières d'Écosse*, « fait avec laitue rousse et frisée que les Espagnols appellent *Lechuga pequena* jointe à tabac distillé et extrait simple de pavot des champs — narcotique ».

Pour sa part, Guillaume s'en tiendra à l'opium.

À Paris, boulevard Saint-Germain, dans la petite chambre délabrée construite sur le toit et vitrée comme une lanterne, des fantômes de fleurs de pavot errent encore aujourd'hui, parmi les lourds meubles bretons, cadeau de sa mère, qui le suivirent de logis en logis et dont souriait Max Jacob.

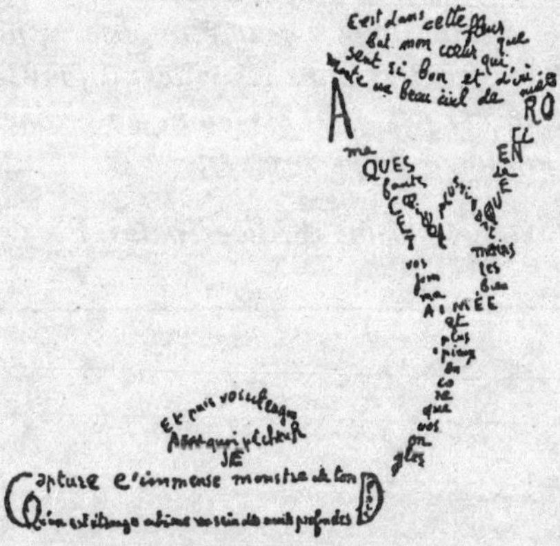

LES FONDANTS AU HASCHICH D'ALICE TOKLAS

Prenez une cuillerée à café de grains de poivre noir, une noix muscade entière, 4 bâtons de cannelle de taille moyenne, une cuillerée à café de coriandre. Pilez le tout dans un mortier. Hachez et mélangez une poignée de dattes dénoyautées, autant de figues sèches, d'amandes décortiquées et de cacahuètes. On peut piler une petite botte de canibus sativa. *Saupoudrez-la ainsi que les épices sur les fruits et les noix ; pétrissez le tout avec une tasse de sucre dissous dans un gros morceau de beurre. Roulez pour former un gâteau et coupez-le en morceaux ou formez des boulettes de la taille d'une noix ; dégustez avec précaution. Deux morceaux sont amplement suffisants.*

Se procurer le canibus *peut présenter quelques difficultés mais cette variété pousse comme une mauvaise herbe, souvent sans qu'on la reconnaisse, dans toute l'Europe, en Asie et dans certaines régions d'Afrique. Aux Amériques, quoique souvent déconseillé, son cousin, appelé* canibus indica, *peut être observé jusque sur le rebord des fenêtres dans les villes. Il faut le cueillir et le faire sécher dès qu'il est monté en graines et pendant que la plante est encore verte.*

Le Livre de cuisine d'Alice Toklas, Éd. de Minuit, 1981.

APOLLINAIRE AU FOURNEAU

À partir de l'automne 1909, Guillaume fréquentera davantage Montparnasse que Montmartre. Picasso a déserté le *Bateau-Lavoir* et Guillaume va quitter la rue Henner pour Auteuil. Il est très amoureux de Marie Laurencin qui habite désormais rue La Fontaine avec sa mère. Pour se rapprocher d'elle, Guillaume a d'abord trouvé un petit logement au 15, rue Gros, dans une maison de village, au-dessus de la boutique d'un bourrelier qui est le propriétaire de la maison. L'année suivante, il s'installera au 37 de la même rue puis, en 1911, plus près de Marie encore, rue La Fontaine.

« *Auteuil, quartier charmant de mes grandes tristesses*[1] », écrira Guillaume qui ne sera guère mieux aimé de Marie qu'il ne l'a été d'Annie Playden. Il est vrai que leurs tempéraments ne s'accordent guère. Après avoir été fascinée, comme tout le monde, par ce Guillaume dont André Rouveyre disait que « *les plus beaux oiseaux s'envolaient de ses lèvres* », Marie va déchanter. Elle supportera mal la susceptibilité paranoïaque de Guillaume, ses colères, sa jalousie amoureuse alors que cet éternel dragueur, grand peloteur devant l'Éternel ne se gêne pas, lui, pour la tromper. Ils ne s'entendent guère au lit. La paillardise de Guillaume, ses fantasmes éroti-

1. G. Apollinaire, *Le Flâneur des deux rives*.

ques parfois violents révulsent Marie. Loin de partager les goûts de Guillaume en ce domaine, elle les subit. « *Quand nous faisons l'amour, je joue avec son bouton de col* », confiera-t-elle à son amie, Nicole Groult[1]. Dans *Le Poète assassiné*, Tristouse Ballerinette (inspirée par Marie) répond à son amant Croniamantal (Guillaume) : « *Eh bien, couche avec ton amante froide*[2]... »

Des années plus tard, Marie avouera à l'abbé Mugnier rencontré chez la princesse Murat, que Guillaume « *ne parlait que de son état d'âme* » et « *qu'elle éprouvait un mal de cœur physique quand elle était avec lui... qu'il lui prenait tout... Il savait tout... Il transformait tout...* ». Et ceci qui serait plutôt un compliment : « *Il changeait l'eau en vin, comme à Cana*[3]. »

Marie, de plus, n'a pas été bien reçue des amis de Guillaume, au *Bateau-Lavoir* où elle détonne par le raffinement de son vêtement, son « bon genre » de petite-bourgeoise et sa façon de jouer la naïve, la femme-enfant, la petite fée effarouchée. On le lui fera sentir (seul Max Jacob s'abstiendra de se moquer d'elle). Dès le début, sa liaison avec Guillaume sera troublée par ce rejet.

Guillaume et Marie ne vivront jamais ensemble mais ils se verront presque tous les jours, jusqu'en 1913. Parfois, ils recevront leurs amis à dîner. Mais qui ne s'entend pas au lit, s'entend rarement à table. La nourriture n'a pas, pour Marie, l'importance qu'elle a pour Guillaume et elle ne sera jamais très douée pour la cuisine. Quand ils invitent à dîner, le menu n'est guère gastronomique : saucisson, risotto et bœuf en daube (Guillaume a horreur de la viande rouge). En février 1910, il écrit à Toussaint Luca (qui le fournit en saucisse corse dont

1. Flora Groult, *op. cit.*
2. G. Apollinaire, *Œuvres complètes*, Pléiade 1, Gallimard.
3. *Journal de l'abbé Mugnier*, 11 février 1924, Mercure de France.

Guillaume dit que « *c'est là une charcuterie de l'Olympe* »), pour le convier à « *un repas simple et frugal* », avec, entre autres convives, Marie et Dalize[1].

Paul Léautaud dînera lui aussi, un soir, boulevard Saint-Germain, avec Guillaume et Marie. Il accompagnera Marie acheter une tarte aux fraises, rue Médicis et il note dans son journal que « *le dîner débute par un riz au parmesan qui ne me plaît pas du tout* ». Et il signale que « *le café a été oublié*[2] ».

Le repas est plutôt meilleur quand c'est Guillaume qui se met au fourneau. Lucie Faure-Favier, maîtresse d'André Billy et amie d'Apollinaire, raconte un dîner fait par Guillaume, boulevard Saint-Germain : « *Ce fut encore un repas magnifique où, assisté de Jean Mollet, il se révéla maître queux tandis que Marie Laurencin, bousculant le protocole, prétendait commencer le repas par le dessert. Ce ne fut pas par le dessert mais par une querelle...* », Marie s'étant fait gronder par Guillaume pour n'avoir pas su — ou pas voulu savoir ! — mettre le couvert[3].

Autre témoin, des capacités culinaires de Guillaume : André Rouveyre : « *... on arrivait à la cuisine, où il s'attardait à diriger les plus succulentes préparations culinaires. Avec le sérieux d'un pape, il distribuait les assaisonnements, s'inquiétait du point des cuissons, enfin disputait à sa femme, par son savoir et son adresse, le titre de chef. Il tournait autour des plats en suspens comme un vrai chat ; il soulevait les couvercles, et, du parfum, déduisait la bonne avance. Un coup habile du tisonnier, et la flamme léchait mieux, ou plus doucement, les cuissons*[4]. »

1. *Œuvres complètes*, *Correspondance*, Éd. Balland et Lecat, 1966.
2. P. Léautaud, *Journal*, 9 juillet 1913, Mercure de France.
3. L. Faure-Favier, *Souvenirs sur Apollinaire*, Grasset, 1945.
4. A. Rouveyre, *op. cit.*

Ce n'est pas seulement dans sa propre cuisine que Guillaume est directif. Il l'est également chez les amis où il est invité. Chez Pierre Mac Orlan, par exemple qui sera son voisin à Auteuil ; Guillaume adore les civets de sa femme, Margot.

Le 17 septembre 1913, André Tudesq pend la crémaillère dans son nouvel appartement de la rue Bonaparte et invite ses amis, dont Guillaume qui se réjouit des homards annoncés depuis plusieurs jours. En arrivant, Guillaume se rend directement dans la cuisine pour expliquer à Mme Tudesq la meilleure façon de cuire ses crustacés. Puis il interdit aux autres convives d'aller parler à la maîtresse de maison, pendant qu'elle prépare son plat, afin, dit-il, de ne pas la distraire. Il imposera aussi le silence pendant le dîner, pour que chacun puisse se concentrer sur la saveur des mets. « *J'ai remarqué, leur dit-il, que les gens qui savent manger ne sont jamais des sots*[1]. »

Étrange Guillaume qui court les bouquinistes pour trouver les livres de cuisine les plus rares, qui passe des heures à la *Nationale* à fignoler son érudition gastronomique, qui prête une oreille attentive aux recettes les plus insolites ou les plus délicates et qui est capable, en même temps, de bâfrer sans mesure, avec une gourmandise qui confine souvent à la goinfrerie. Ainsi, il a inventé un jeu, avec Vlaminck et Derain qui consiste à s'installer dans un restaurant, à commander et à consommer tous les plats de la carte, des hors-d'œuvre aux desserts, puis à recommencer. Et le premier des trois qui cale, paye l'addition. Vlaminck, un jour, a tenu jusqu'à la moitié du deuxième *round*.

Carco raconte qu'étant arrivé en retard dans un restaurant de la rue des Saints-Pères où il avait rendez-vous avec Guillaume, celui-ci qui venait de finir son repas,

1. L. Faure-Favier, *op. cit.*

dessert compris, recommanda un bouillon gras pour accompagner son ami [1].

« *Son appétit était formidable*, dit Picabia, *mais il n'acceptait pas que ses amis lui en fissent la remarque, il prétendait alors que c'était le leur qui était mauvais* [2]. »

Et, de Carco, encore, ce portrait étonnant de Guillaume : « *Il possédait ce robuste embonpoint qui le faisait souffler au moindre effort et lui prêtait une grande autorité. Gourmand, énorme, appétissant à voir, il brisait entre ses mâchoires les os qu'on lui servait, les suçait, se barbouillait de graisse et (...) faisait péter sous lui sa chaise sans s'occuper des frais. Qu'avait-il donc à craindre ? Il ressemblait à quelque dieu hilare, si solide sur sa base que la chaise pouvait se briser, il avait son gros pouf d'abord pour amortir la chute. Plus il mangeait, plus une gaîté physique resplendissait sur sa personne. Elle était débordante. Elle n'avait ni recul ni limite et le plus rare était qu'alourdi par les viandes, le pain, les vins, le bouillon et le reste dont il s'était nourri deux fois, Apollinaire dût ensuite travailler jusqu'au soir* [3]... »

Jean Mollet raconte qu'un jour de vendredi saint, il se trouvait chez Guillaume avec Marie Laurencin. Guillaume, à la suite d'on ne sait quel déraisonnable gueuleton était souffrant et s'était mis à la diète. Mais comme il avait horreur de la solitude, il avait prié Jean et Marie de rester à dîner. Mollet va donc au marché, revient avec une carpe, des champignons et du vin blanc et il prépare le dîner. L'odeur de la carpe au vin blanc gagne la chambre où est couché Guillaume. Et le parfum exquis du plat en train de cuire le rend plus malade de convoitise que ne l'afflige son indigestion ; il supplie qu'on lui en

1. F. Carco, *op. cit.*
2. F. Picabia, *Guillaume Apollinaire*, Éd. de L'Esprit nouveau.
3. Francis Carco, *op. cit.*

donne un tout petit peu. Mais Marie et Jean demeurent inflexibles, ce qui met Guillaume hors de lui[1].

Gourmand de cuisines exotiques, il entraîne ses amis dans des restaurants berbères, hongrois, espagnols. Il adore la cuisine chinoise et prétend qu'il connaît un restaurant, place de l'Odéon, tenu par une Allemande mariée à un « fils du Ciel » où l'on mange des œufs, qui, affirme-t-il, remontent à la prise de Sébastopol et ne sont consommables qu'avec de l'alcool de rose (pour la digestion). Il prétend aussi que dans certain restaurant chinois de la rue Royer-Collard, on entend des cris de femmes en couches et des hurlements de criminels, torturés avant leur décapitation. Comme disait Rouveyre : « la terre craquait sous la pression de son imagination ».

Tout ce qui est chinois le fascine et l'amuse. Dans une chronique[2] il donne à ses lecteurs le menu soi-disant traduit d'un restaurant chinois qui vient de s'ouvrir à Montparnasse :

« *Hors-d'œuvre*

1, Loucheukièn. 2, Souiu. 3, Chanyoutsi

Potages

4, Fundiotan. 5, Iufoutan

Poissons

6, Liôuhouaiu. 7, Iukinen.

Entrées

8, Koueihoua Kiangyautchôu.
9, Jouèntchâsiaôgniôujou.
10, Kitiopapaofan. 11, Kiuenkàn

Salade

14, Chontotsai.

La suite du menu ne présente rien de particulier[2]. »

1. *Mémoires du baron Mollet*, préface de R. Queneau, Gallimard, 1963.

2. G. Apollinaire, *La Vie anecdotique*, 16 mars 1913, Pléiade, Gallimard.

MONTPARNASSE 1909

« Montparnasse est né d'Apollinaire qui, le premier, nous entraînant chez Baty, se vit partout fêté. »

Francis CARCO

Il nous suffit d'aller manger quelques huîtres à l'angle des boulevards Raspail et Montparnasse pour ressusciter et partager la passion de Guillaume pour les poissons et les fruits de mer. À la place de ce *Bar à huîtres* d'aujourd'hui, surmonté d'un hôtel qui ne s'appelle plus « de la Haute-Loire », était, vers 1909, un marchand de vins-restaurant dont le sancerre, les vins de la Loire, les poissons et les huîtres étaient réputés. Ce restaurant, d'une classe supérieure à ceux qui l'entouraient, n'offrait qu'un seul plat par jour, mais excellent, à un prix modéré mais tout de même souvent inabordable, pour les écrivains et les artistes de Montparnasse. C'est pourquoi « aller chez Baty » était une fête pour Guillaume et ses amis. Une fête qu'ils s'offraient quand l'un ou l'autre avait réussi à vendre un tableau, à placer un poème ou un article dans une revue, à ponctionner son éditeur ou à se faire inviter par un mécène.

« Nous manquions souvent d'argent pour payer l'imprimeur mais pour dîner ensemble chez Baty (...) nous avions toujours en poche le demi-louis nécessaire. Ces soirs-là, une petite salle nous était réservée, le long du boulevard Raspail (...) Marie Laurencin était presque toujours des nôtres. Chez Baty, une bouteille de Chambertin coûtait 7 francs, un petit verre de fine Clos-Vougeot, 55 centimes... Ce qui était très cher[1]*... »*

Baty, le patron, était un bonhomme bourru qui racontait avoir servi George Sand, autrefois, à Nohant, quand elle était enfant.

Un obus s'était fiché dans l'un des murs du restaurant et on l'avait laissé là. Tous les ans, le père Baty en faisait soigneusement repeindre le culot. Vincent d'Indy venait tous les jours, à pied, de la *Schola Cantorum*, pour déjeuner là. On y verra Trotsky prendre son café à la terrasse et Giraudoux, pendant la guerre, vêtu, comme Guillaume, de l'uniforme bleu horizon.

Ce café *Baty* qu'il aimait tant sera peut-être, neuf ans plus tard, l'ultime restaurant de Guillaume. Un jour de novembre 1918, il y déjeunera avec Blaise Cendrars, tandis que défilera sur le boulevard, une procession de corbillards, menant vers le cimetière des victimes de la grippe espagnole qui fait des ravages à Paris[2]. Et, pendant le déjeuner, Guillaume, impressionné, ne cessera de parler à Blaise de cette grippe qui prend le relais de la guerre. En rentrant chez lui, il en éprouvera les premiers symptômes et mourra six jours plus tard.

En face de chez *Baty*, de l'autre côté du boulevard où se trouve aujourd'hui un fleuriste, il y avait la grande épicerie *Hazard* dont Guillaume célébrera les produits :

1. Cité par J. Warnod dans *Survage*, André de Rache, 1983.
2. 200 décès par jour, à Paris, en octobre 1918 !

« L'Américain trouve ici les grapes-fruits qui sont au citron ce que le melon d'eau est au cantaloup, le Russe y retrouve ses pommes de paradis semblables à des bigarreaux, le Hongrois sa charcuterie poivrée de rouge, etc.[1]. » L'enseigne de *Hazard* précisait aussi : « English spoken » et annonçait sur son store, du lait « garanti pur » à 25 centimes et du « Ceylon Tea » à 3 francs le kilo[2].

En ce temps-là, le carrefour Raspail-Montparnasse grouille d'une vie cosmopolite et curieusement fractionnée en un *apartheid* spontané. Parmi les clients du *Dôme*, qu'on appelle « les Dômiers », des Allemands, des Tchèques, des Bulgares et quelques Scandinaves, l'arrière du café étant réservé à des Américains, joueurs de billard. À *La Rotonde*, café beaucoup plus petit que *Le Dôme* mais dont la terrasse est ensoleillée, ce qui lui vaut le surnom de « Raspail-Plage », se prélassent, l'été, des Espagnols et des Sud-Américains.

Tous les lundis matin, rue de la Grande-Chaumière, a lieu le « marché aux modèles » dont beaucoup, hommes et femmes, sont des Italiens pauvres, venus des Pouilles ou de Calabre pour tenter de survivre à Paris. Certains ont ouvert des restaurants que fréquente, bien sûr, Apollinaire. Souvent, il emmènera Billy et Léautaud chez *Papa*, petit restaurant de modèles, rue de la Grande-Chaumière dont le patron « ... *un ancien garibaldien (...) assaisonnait les pâtes aussi bien que dans les* osterie *romaines*[3] ».

Il y a aussi les *paste alla Bolognese*, à la *Crémerie de Rosalie*, rue Campagne-Première. C'est, pour les artistes et les modèles, le restaurant des jours de dèche : 6 sous pour une assiette de *minestrone*, 2 francs pour un repas. Et des demi-portions quand on ne peut s'en offrir une

1. G. Apollinaire, *La Vie anecdotique*, 16 mars 1914.
2. B. Klüver et J. Martin, *Kiki et Montparnasse*, Flammarion.
3. G. Apollinaire, *La Femme assise*, Pléiade, Gallimard.

entière. Un phénomène, cette Rosalie ! Venue d'Italie à Paris à vingt ans, dans les bagages de la princesse Ruspoli, Rosalie Tobia est devenue modèle, a posé pour Odilon Redon puis, longtemps pour Bouguereau. À trente ans, se trouvant trop vieille pour continuer à poser, elle a ouvert sa minuscule crémerie : quatre tables où peuvent tenir jusqu'à vingt-quatre clients, un bar et un fourneau derrière. Rosalie ne sert que les clients qui lui plaisent. Elle les materne alors et son chouchou, entre tous, c'est Modigliani. « Il est si beau ! » dit-elle. Mais quand, navrée de le voir fin saoul, elle lui refuse un verre, Modi se fâche et déchire les dessins qu'il lui a donnés et qu'elle a punaisés au mur. Ils s'insultent bruyamment en italien puis se tombent dans les bras et Modi refait alors, pour Rosalie, d'autres dessins.

Ce Montparnasse de Guillaume Apollinaire est encore à demi campagnard. Des cochons y grognent, des coqs y chantent le matin et les moineaux picorent le crottin lâché par les chevaux d'une écurie, rue Campagne-Première. Au bout de cette rue, au coin du boulevard Raspail, il y a un petit restaurant que Guillaume et ses amis appellent *les Vigourelles*, à cause des deux superbes filles du patron, M. Vigoureux. Ce restaurant est achalandé, « ... *les jours où l'on ne dansait pas à Bullier, par une jeunesse pétulante*[1] ».

Il y a des vaches, rue de Fleurus où habitent les Stein et Alice Toklas, à la ferme *Les Nourrissons* où l'on peut acheter du très bon lait. Il y a des figuiers, rue d'Alésia ; des moulins et des terrains vagues, derrière le cimetière. On élève des vers à soie, rue Delambre et, rue de la Gaîté, qui doit son nom aux nombreux bals, guinguettes, théâtres, restaurants et music-halls qui s'y trouvent depuis le XIXe siècle, l'odeur des acacias et des lilas se mêle aux relents des marchands de frites. Dans cette rue,

1. G. Apollinaire, *La Femme assise*.

Guillaume et André Salmon vont dîner, parfois, aux *Iles Marquises* dont le banc de coquillages les fait saliver.

Montparnasse est très gai avec, ici et là, des airs de province. Les familles défilent, le dimanche à la pâtisserie *Nézard*, rue Notre-Dame-des-Champs, la plus réputée ou au *Lapin blanc*, rue de la Gaîté où l'on vend d'exquises frangipanes.

Le carrefour Vavin est le centre nerveux de Montparnasse. Tandis qu'à deux pas de là, un adolescent studieux nommé Charles de Gaulle, prépare au Collège Stanislas, le concours d'entrée à Saint-Cyr, les idées, les formes, les couleurs, les sons et les drames bouillonnent. Modigliani et Utrillo, descendus de Montmartre, titubent autour de *La Rotonde*. On s'interpelle aux terrasses où flottent des vapeurs d'absinthe et des effluves d'éther. Pour les bohèmes qui ont colonisé ce quartier, pour un demi-siècle, la misère se mêle à la fête et aux amours provisoires avec une foule de petites nanas, modèles, prostituées, mannequins, actrices, danseuses, femmes du monde dévoyées ou jeunes filles venues de tous les horizons pour apprendre la sculpture ou la peinture à Paris.

> « *On y voit venir d'Amérique*
> *Les yeux encore à peine ouverts*
> *Sur la perversité publique*
> *Les blondes girls de Mortimer*[1]. »

Quand les bagarres éclatent, ici ou là, les flics embarquent tout le monde au commissariat de la rue Delambre où, par chance, le commissaire Léon Zamaron — qui sera préfet de Paris, de 1906 à 1932 — est un collectionneur d'art, très indulgent pour les incartades des artistes. Les murs de son bureau sont couverts de tableaux. Un autre préfet amateur d'art, Eugène Descaves, se fera ainsi une belle collection. « *D'avoir cassé un jour la mâchoire à un agent cycliste, me coûta deux toiles* », se

1. P. Mac Orlan, *L'Inflation sentimentale*.

souviendra Kisling[1]. Montparnasse, « *quartier de louftingues* », dira Guillaume. Mais aussi « *asile de la belle et simple liberté* ».

Cependant, la gourmandise de Guillaume pour le poisson et les huîtres ne se satisfait pas uniquement à Montparnasse. Il y a de délicieuses fritures de goujons dans les guinguettes des bords de Marne.

« *Sous le pont Mirabeau coule la Seine et nos amours...* » Guillaume a une passion pour ce fleuve dont il ne se lassera jamais de suivre les berges. Guillaume, ami des bouquinistes, chinant des livres rares, du quai Conti à l'île Saint-Louis. Guillaume, amoureux nostalgique de la Seine à Auteuil, liée pour lui, au souvenir de Marie. En 1909, le quai d'Auteuil n'existe pas encore. Il y a, près de chez Guillaume, des guinguettes au bord de l'eau. Parfois, prenant le coche d'eau, il s'en va dîner dans des petits restaurants de Saint-Cloud, cachés dans la verdure d'une colline qui ne connaît pas encore le béton et les rumeurs du périphérique.

Où donc convoqua-t-il un jour son ami Salmon, par ces deux vers farceurs ?

« Viens déjeuner... des huîtres... tu sais... mois en erre.
Je t'attendrai demain. Guillaume Apollinaire. »

Il me plaît d'imaginer Guillaume, lorsqu'il s'attablait devant un plateau d'huîtres, chez *Garnier-Perroncel* rue du Havre, où nous allons encore aujourd'hui, déguster belons et pleine-mers — quand il avait, peut-être exprès, manqué son train à la gare Saint-Lazare.

En 1918, quelques mois avant sa mort, Guillaume laisse éclater sa gourmandise pour les poissons, dans un ouvrage de commande, *L'Heptaméron des gourmets, ou les Délices de la cuisine française*. Il s'agit d'un ouvrage collectif, rédigé sous forme de conte par sept auteurs (Lucien Descaves, Laurent Tailhade, Henri de Régnier,

1. M. Kisling, *Ma Nuit de noce. Confessions*, 1937.

etc.) qui devront décrire, chacun, l'une des sept journées de festins, offerts par le roi de Cocagne aux ambassadeurs d'un roi étranger. Guillaume, chargé de la *Quatrième journée*[1], fait appel à son érudition culinaire et cite un extrait du poème de Joseph Méry[2] *La Bouille-à-baisse*, dont les mots, c'est évident, l'enchantent :

« La rascasse, nourrie aux crevasses des Syrtes
Dans les golfes couverts de lauriers et de myrtes,
Ou devant un rocher garni de fleurs de thym,
Apporte leurs parfums aux tables du festin.
Puis, les poissons nourris assez loin de la rade
Dans le creux des récifs, le beau rouget, l'orade,
Le pagel délicat, le Saint-Pierre odorant,
Gibier de mer suivi par le loup dévorant.
Enfin, la galinette avec ses yeux de bogues,
Et d'autres, oubliés par les ichtyologues,
Fins poissons que Neptune, aux feux d'un ciel ardent,
Choisit à la fourchette, et jamais au trident. »

Suit une énumération de plats à base de poissons qui vont de la tourte d'anguilles chaude aux laitances au homard Saint-Cloud, en passant par les filets de sole Nausicaa ou de la fée Mélusine.

Et Guillaume qui lit *tout*, jusqu'au *Bulletin mensuel de la Chambre de commerce française de New York*, y relèvera, pour ses lecteurs du *Mercure de France*, la « recette pour conserver le poisson sans glace[3] ».

Dans *Le Poète assassiné*, Guillaume introduit la courte *Fable de l'huître et du hareng*, où l'on voit le pauvre hareng décapité par l'huître cruelle qu'il a voulu embrasser[4].

1. *Contes retrouvés*, « La Quatrième journée », Pléiade 1, Gallimard.
2. Joseph Méry, poète marseillais (1798-1865).
3. Pléiade 3, Gallimard.
4. Pléiade 1, Gallimard.

Dans *Le Marchand d'anchois*, pièce écrite en collaboration avec André Salmon — et qui ne sera jamais jouée —, certains couplets loufoques mentionnent des poissons dont Guillaume est friand :

> « *L'anchois, ça ravigot' l'amour*
> *C'est excitant, la nuit, le jour*
> *Y'a pas d'arête et c'est moelleux*[1]... »

ou encore :

> « *Ah ! Donnez-moi*
> *Kipper, haddock, saumon fumé*[2]. »

1. Pléiade 1, Gallimard.
2. *id.*

LOCHES ET GOUJONS FARCIS

Cette recette, extraite de La Fleur de toute cuisine, *de Pierre Ridoulx, le plus ancien document —* dixit *Guillaume — que l'on possède, avec l'ouvrage de Taillevent sur la cuisine française, amusait Apollinaire. Peut-être plus pour son français médiéval que pour la recette elle-même*[1] *!*

« Si tu veux faire les dites loches[2] *ou goujons, prends du lait de vache et le boute en un bain, un petit de persil haché menu et marjolaine, des moyeulx d'œufs durs hachés menus, un petit de pouldre blanche*[3]*, puis un petit de sel blanc. Et, ce faict, prens les loches et goujons et les jette dedans toutes vives, et elles se farciront d'elles-mêmes. »*

1. « Échos sur les lettres et les arts », *Mercure de France*, Pléiade 2, Gallimard.
2. Loches : petits poissons d'eau douce (cobitidés) à chair comestible.
3. Farine ?

BLAFF DE MAQUEREAUX ET OMELETTE AUX OURSINS

Ces recettes de cuisine coloniale ont été données par Apollinaire, en 1918, dans ses « Chroniques et échos *»* *du* Mercure de France [1].

Le blaff *est un mets épicé des Antilles françaises.*

On nettoie des maquereaux. On les fait mariner une demi-heure dans du piment écrasé, du sel, du poivre et de l'ail haché.

On fait bouillir d'autre part un court-bouillon fait d'eau salée, dans laquelle trempent des oignons en tranches, un bouquet de persil, des clous de girofle, du thym, de la ciboule, un gros piment entier, une gousse d'ail écrasée.

Quand ce court-bouillon a bouilli une heure, on ajoute le poisson sans sa marinade. On laisse cuire un quart d'heure. On sert le poisson à part, arrosé de jus de citron.

L'omelette aux oursins a la même origine. On fait revenir une bonne quantité de jaune d'oursin que l'on mêle aux œufs battus et l'on procède comme pour une omelette ordinaire.

1. Pléiade 3, Gallimard.

LE CHAGRIN ET L'APPÉTIT

Les années suivantes ne seront guère tendres pour Guillaume. Tandis que la Seine, en crue, envahit les rues de Paris, le printemps de 1910 le verra sangloter, dans le convoi funèbre de Moréas, en route pour le crématoire du Père-Lachaise. En automne, ce sera le tour du vieil Henri Rousseau (dit « le Douanier ») pour lequel Guillaume a organisé un banquet amical chez Picasso, en 1908.

Guillaume, jusqu'à sa mort, tirera le diable par la queue. En décembre 1910, les jurés Goncourt lui préfèrent Louis Pergaud pour son roman *De Goupil à Margot*. Guillaume, soutenu par Elémir Bourges, n'obtiendra que trois voix au premier tour pour *L'Hérésiarque et Cie*.

Lui, dont un prix littéraire arrangerait bien les finances défaillantes, n'aura jamais de chance avec les Goncourt. En 1916, il recevra un mot de Paul Margueritte, écrivain social qui se veut pitoyable aux malheurs de l'humanité, lui disant son admiration pour *Le Poète assassiné*. Réponse de Guillaume : « Si vous admirez mon livre, votez pour moi au prix Goncourt. » Et Paul Margueritte, romancier naturaliste, répond à son tour qu'il le ferait volontiers mais que *Le Poète assassiné* contient des passages bien risqués...

Il recevra, par retour du courrier, ces deux vers cinglants de Guillaume :

« Pendant que j'étais artilleur à Nîmes
Seriez-vous entré aux Minimes[1] *? »*

Plus sombre encore sera 1911. Guillaume, injustement compromis dans l'affaire du vol de la *Joconde* et de diverses autres statues du Louvre, fera une semaine de prison, ce qui l'affectera outre mesure et pour longtemps, malgré le non-lieu prononcé en sa faveur, quelques mois plus tard. À cette occasion, il sera déçu par son ami Picasso qui, fou de terreur à l'idée d'être compromis, lui aussi, dans cette mésaventure, le reniera et leur amitié en sera modifiée.

Viré du journal *L'Intransigeant*, à la suite du scandale auquel son nom a été mêlé, Guillaume sera violemment attaqué dans *L'Œuvre*, organe socialiste de Gustave Téry, par le journaliste Urbain Gohier qui le traitera de « métèque » et de « pornographe ». Deux ans plus tard, Georges Duhamel reprendra le même thème quand paraîtra *Alcools*. Dans un méchant article du *Mercure de France*, il traitera Guillaume de « *marchand brocanteur qui tient à la fois du Juif levantin, de l'Américain du Sud, du gentilhomme polonais et du* facchino[2]... ». Guillaume ressent durement cette xénophobie dont il est l'objet et il va développer trois obsessions : la peur de la prison, celle de l'extradition et le désir de se faire naturaliser français.

D'autre part, ses amours avec Marie Laurencin prennent une mauvaise tournure. Agacée par la tyrannie de Guillaume et influencée par sa mère qui ne peut pas souffrir le poète — ce que n'arrange pas l'histoire du Louvre —, Marie va s'éloigner de lui, jusqu'à leur séparation définitive, en 1913.

En 1911, Guillaume qui pressent le naufrage de ses

1. Paul Léautaud, *Journal littéraire*, t. 1, 7 décembre 1916, Mercure de France.
2. 15 juin 1913.

amours, erre avec mélancolie près de ce pont Mirabeau qui l'a vu si heureux.

« L'amour s'en va comme cette eau courante
L'amour s'en va
Comme la vie est lente
Et comme l'espérance est violente[1]*... »*

La Seine, indifférente, est belle, dans le soir bleu qui enveloppe Paris. Quelques ponts plus loin, un autre poète, olfactif celui-là, nommé Jacques Guerlain, sera saisi, un soir, par la beauté de l'heure bleue crépusculaire de Paris. Cette beauté, il mettra un an à la traduire en parfum, *L'Heure bleue* (1912), dont les effluves de musc et de rose de Bulgarie, seront toujours associés, pour moi, à la tristesse de Guillaume, près du pont Mirabeau.

Soudain, Guillaume se sent accablé. Il en a assez de courir la pige chez les éditeurs et dans les journaux. En 1912, il écrit à André Gide : « *Je suis extrêmement las de tout et particulièrement de devoir rester à Paris, de devoir aller dans les journaux, d'avoir tant de mal à vivre misérablement.* »

Pourtant, il a des amis fidèles. Pour le sortir de ses idées noires, Billy, Salmon, Dalize et Tudesq vont s'associer pour fonder une revue littéraire[2], *Les Soirées de Paris*, dont Dalize sera nommé administrateur ; un administrateur quelque peu inquiet de l'éloge que Guillaume y fera, dès le premier numéro, de la peinture cubiste. Et la naissance de cette revue entraînera, dit Billy... « *plusieurs assemblées bachiques chez Baty* (...) *à Billancourt ou à Ville-d'Avray*[3] ».

1. *Alcools*, Pléiade 1, Gallimard.
2. Plus de cent cinquante petites revues littéraires seront fondées à Paris, du début du siècle à 1914 !
3. A. Billy, *Apollinaire vivant*, Éd. la Sirène, 1923.

Car les ennuis sentimentaux ou pécuniaires de Guillaume ne lui coupent tout de même pas l'appétit ni le goût des discussions culinaires.

« Il était versé dans toutes les cuisines du monde, (...) mettant au premier rang l'italienne et la française et réprouvant la cuisine britannique, dont il avait décrété que je serais le champion, à cause de ma damnable prédilection pour les viandes rouges. Avec lui, les propos de table ne roulaient que sur la cuisine. S'il était invité, sa critique des plats se nuançait de politesse mais il n'abdiquait pas pour cela son impartialité souveraine, trouvant toujours quelques biais par où glisser dans sa louange, l'indication des fautes commises, et il y mettait tant de bonne grâce, y déployait une telle fertilité de tours et de formules qu'à l'entendre on ne pouvait s'empêcher de le croire né pour la diplomatie[1]. »

1. A. Billy, *op. cit.*

CAPNOMANCIE

Pour peu qu'il soit aimable et spirituel, le plus pauvre des écrivains gourmands trouve toujours, à Paris, des tables amies et copieuses où se régaler. Guillaume, comme ce Montmaur du XVIIe siècle dont parle l'historien Bayle, pratique la *capnomancie*, c'est-à-dire l'art de deviner d'après les fumées des cuisines qui s'échappent des toits, où il convient de diriger ses pas pour être sûr de dîner agréablement[1]. Et Dieu sait que les bonnes fumées prometteuses de régals ne manquent pas, à Paris, dans cette première moitié du XXe siècle !

Hormis la table des Stein, celles de Misia Sert, d'Ambroise Vollard ou de Rachilde au *Mercure de France*, Guillaume a ses entrées chez le couple bizarre, sympathique et richissime de la jeune baronne Hélène d'Oettingen et de son demi-frère, le peintre Serge Jastrebzof qui se fait appeler Jean Férat. Guillaume les a rencontrés, dès leur arrivée de Russie, en 1903, chez le peintre Rousseau.

Hélène est très belle, intelligente, originale et fantaisiste. Elle peint, sous le pseudonyme de François Angiboult. Elle écrit des poèmes qu'elle signe Léonard Pieux, et Roch Grey ses essais et ses articles. Elle use aussi d'un pseudonyme partagé avec son frère : Jean Cérusse

1. Pierre Bayle, *Dictionnaire historique et critique*, 1741.

(c'est russe !). D'un commun accord, ils dépensent leur fortune sans compter à soutenir peintres et écrivains d'avant-garde.

Hélène, surtout, a une vie personnelle très libre. Mariée brièvement et très jeune veuve d'un baron d'Oettingen, elle a eu, entre autres amants, l'écrivain futuriste Soffici et le peintre Survage. Sa beauté et sa fantaisie fascinent tout homme qui l'approche. Picasso bêle devant elle. Guillaume, évidemment, n'a pu rester indifférent à tant de charme. Fernande Olivier raconte comment un jour, il disparut pendant une semaine, enlevé par la belle Hélène, dans son élégant hôtel du boulevard Berthier « *prison si agréable qu'il regrettait que ce n'eût pas été pour la vie*[1] ».

En 1912, Hélène et son frère quittent le boulevard Berthier pour s'installer à Montparnasse « où tout se passe ». Jean Férat a trouvé un atelier au 278 du boulevard Raspail et Hélène, un somptueux appartement au 229, dans un immeuble neuf qui enserre un acacia planté, dit-on, par Victor Hugo. Jusqu'à la guerre, elle y donnera des réceptions fastueuses, pour des artistes et des écrivains cubistes et futuristes. C'est dans ce Tout-Paris de l'avant-garde que Guillaume rencontrera, entre autres, Henri-Pierre Roché, l'auteur de *Jules et Jim*, qui aura une brève aventure avec Marie Laurencin.

Hélène et son frère sont amis intimes de Guillaume qui les juge « *un couple délicieux* ». Ils lui fourniront les deux cents francs nécessaires au rachat de la revue *Les Soirées de Paris* et ils accueilleront Guillaume, chez eux, après sa rupture avec Marie.

Autre bonne « fumée », celle des Delaunay, Robert et Sonia, peintres cubistes qui accueilleront eux aussi un Guillaume désorienté par sa séparation d'avec Marie, avant de s'installer boulevard Saint-Germain. Durant l'hiver 1912-1913, il dormira souvent dans l'atelier des

1. F. Olivier, *Picasso et ses amis*.

Delaunay, rue des Grands-Augustins. Sonia lui brodera même des petits rideaux « simultanés » pour orner la fenêtre de son bureau, dans son nouvel appartement.

Guillaume, même désespéré, sera toujours très entouré. Il a, en Picabia, un ami aussi gourmand que lui et avec lequel il dispute des parties de jonchets qu'il gagne souvent. Il y a Rouveyre, le beau Rouveyre, dit « le petit frisé », vachard, coquet, dandy, qui élève trois crapauds familiers. Il vadrouille souvent avec Guillaume dans sa vieille voiture bourrée d'objets hétéroclites et dont les commandes sont actionnées par des bouts de ficelle. Il y a Jean Mollet, fidèle entre tous, et le gentil Max Jacob.

Il y a aussi Louise Faure-Favier, ex-femme du critique Ernest Charles et qui deviendra, par sa fille, la belle-mère de Léon-Paul Fargue. Louise, avec dix ans de plus, est la maîtresse de Billy. Elle est charmante et Guillaume aura une tendre amitié pour cette femme écrivain et qui sera l'une des premières aviatrices. Louise, elle aussi, est une « fumée ». Elle habite un appartement agréable dans l'île Saint-Louis, au 46, quai de Bourbon. Elle fait très bien la cuisine. Guillaume dînera très souvent chez elle avec ses amis et même y goûtera car Louise a inventé de faire chez elle des goûters, comme d'autres font des dîners. Il s'amuse beaucoup quand il entend la bonne de Louise qui s'apprête à traverser la Seine pour aller au marché, dire qu'elle va faire ses courses « sur le continent ». Il reprendra l'expression à son compte, chaque fois qu'il quittera le quai de Bourbon pour rentrer chez lui, boulevard Saint-Germain, à partir de janvier 1913.

En 1912, il va rencontrer le jeune Blaise Cendrars qui sera, par lui, très influencé. Parfois, Guillaume s'évade de Paris avec l'un ou l'autre. Escapade à Gênes avec Jean Mollet, à Chartres ou en Angleterre, avec Picabia, à La Baule avec Serge Férat, en 1913.

Parmi tous ces amis, il ne jeûne guère. Et quand il ne mange ni ne boit, il rêve de nourriture et il en écrit.

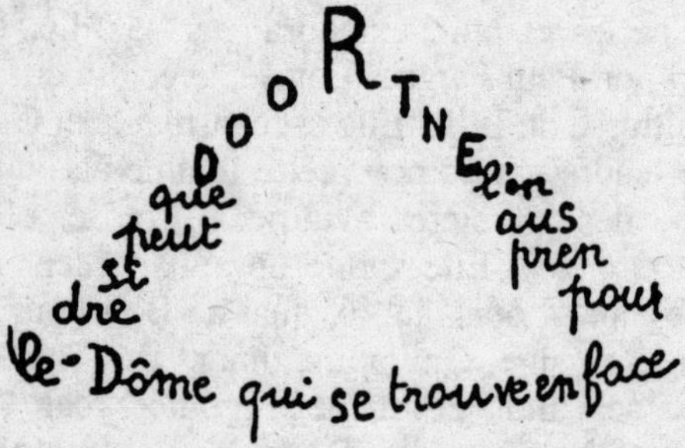
R
O T
O N
D E
que l'on
peut aus
si pren
dre pour
le-Dôme qui se trouve en face

LES ORANGES DE LA GUERRE

« ... cette croyance répandue en Cocagne qu'il y a une certaine analogie entre la musique et la gastronomie, et qu'un repas est comme un orchestre avec ses accords, ses arpèges, ses soli, ses ensembles, ses adagios et ses fortissimos. »

G. APOLLINAIRE

On peut, à travers ses écrits, retracer le chemin de ses gourmandises. Pour les desserts et les sucreries, par exemple.

Son goût de la confiserie date de sa petite enfance à Rome. Il met ses propres souvenirs gustatifs, à l'âge de trois ans, dans la bouche de Giovanni Morani : « *Je me souviens des fêtes de l'Épiphanie (...). Ces fêtes des Rois mages pendant lesquelles je mangeais tant de dragées fourrées d'écorce d'orange, tant de bonbons à l'anis m'ont laissé un arrière-goût délicieux*[1]. »

Dans *L'Hérésiarque*, il évoque : « ... *certaines confiseries romaines ou siciliennes : des noix confites dans*

1. *Le Poète assassiné.*

du miel, une sorte de pâté fait de pâte de fondant aux trois parfums de rose, de menthe et de citron, où étaient enfouis des morceaux de fruits confits (écorces d'orange, cédrats, ananas, de la pâte de coing très douce appelée cotogniata, *une autre pâte nommée* cocuzzata *et une sorte de crêpe de pâte de pêche que l'on nomme* persicata)[1] ».

Sucre lié à la douceur, à l'enfance, à l'amour. Comment s'étonner que l'auteur de ces lignes, appelle Marie Laurencin, dans l'intimité : « Mon sucre. »

On se souvient aussi des confitures promises par sa mère pour l'attirer au Vésinet.

Pendant la guerre, Louise Faure-Favier lui expédiera, au front, des pâtes de fruits et des ananas en boîte. Toutes les femmes avec lesquelles il correspondra, pendant la guerre, lui enverront des sucreries : Lou, des pâtes de fruits, et des macarons ; celle qu'il appelle « sa marraine », jeune femme poète qui signe Yves Blanc, lui envoie des bonbons. Et avec Madeleine Pagès, la jeune fille qu'il a séduite par correspondance, sûrement plus dégourdie qu'elle n'en a l'air sur ses photos, il se livrera à un curieux trafic érotique de bonbons, inventé par elle. Le collectionneur André Level, avec qui il correspond, depuis 1914, lui enverra, lui, des chocolats et Sonia Delaunay, du nougat.

En 1916, Guillaume remercie son ami Toussaint Luca pour un paquet de gâteaux et de marrons :

« La madeleine corse était bonne à manger
Je me souviens du temps où j'en mangeais à Nîmes
Et l'on ne saurait pas, vieux, assez t'engager
À m'envoyer encore de ces marrons opimes[2]. »

1. *Ibid.* Pléiade 1, Gallimard.
2. Lettre à Toussaint Luca, 27 octobre 1915, *Œuvres complètes, Correspondance*, Éd. Balland et Lecat.

L'été 1914, Angélica de Kostrowitsky, qui se plaint dans une lettre de ne pas avoir vu son fils depuis trois mois, lui annonce qu'elle est en train de faire des confitures. Souvent, l'été, elle lui propose de ces confitures rouges, de fraises, groseilles ou framboises ; celles que préfère Guillaume comme ceux qui restent attachés à leur enfance.

Elle lui en offrira, en 1915, quand Guillaume est au front : « ... *as-tu à manger ? Je peux t'envoyer des confitures*[1]. »

Insupportable mais touchante Angélica ! Dans sa tranchée, en avril 1915, Guillaume recevra d'elle une lettre dont je suis sûre qu'il l'a lue à ses copains, pour les égayer : « ... *sois prudent, gare-toi pour ne pas recevoir un obus dans tes chevauchées à travers les bois ; et prends garde de ne pas tomber dans un fossé dans un trou. Il paraît que les obus font des trous énormes profond* (sic), *et ce serait terrible si tu tombais dedans avec ton cheval ! et même sans cheval ; surtout si tu es seul et que tu n'as personne pour te secourir. Il paraît aussi qu'un obus en éclatant fait tomber des arbres, gare-toi pour ne pas être écrasé par un arbre (...) et recommande-toi chaque soir à la Ste Vierge pour qu'elle te protège.* »

La gourmandise de Guillaume pour les fruits apparaît souvent dans ses écrits, romans, poèmes ou lettres et toujours liée à l'érotisme. Après le premier vertige amoureux qu'il éprouve pour Lou, au cours d'un déjeuner dans le vieux Nice, il lui écrit, le 3 octobre 1914 : « *J'avais pensé à vous la nuit entière sans pouvoir dormir. Veille la plus brûlante et la plus cruelle (...) je voyais un jardin éblouissant de grenadiers dont les fruits*

1. G. Apollinaire, *Correspondance avec son frère et sa mère*, Librairie José Corti, 1987.

étaient vos seins multipliés à l'infini et plus dignes que les pommes d'or gardées par les Hespérides d'être conquis par un héros[1]. »

Dans un poème du 12 janvier 1915 :

« Tes seins ont le goût pâle des kakis et des figues de
[barbarie
Hanches, fruits confits, je les aime, ma chérie... »

Dans sa caserne de Nîmes, il reçoit de Baratier, près de Nice où habite Lou, un gros colis de fruits. « *Ouvert le panier aux mille oranges et mandarines* », écrit-il.

Quelques mois plus tard, du front, alors que Lou ne répond plus guère à ses lettres, sa mélancolie se mêlera au souvenir des oranges de Baratier :

« Te souviens-tu mon Lou de ce panier d'oranges
Douces comme l'amour qu'en ce temps-là nous fîmes
Tu me les envoyas un jour d'hiver à Nîmes
Et je n'osai manger ces beaux fruits d'or des anges.
(...)
Les souvenirs sont-ils un beau fruit qu'on savoure
Le mangeant j'ai détruit mes souvenirs opimes
Puissé-je t'oublier mon pauvre amour de Nîmes
J'ai tout mangé l'orange et la peau qui l'entoure[2]... »

Dans son roman érotique *Les Onze Mille Verges*, Guillaume se sert de fruits méditerranéens pour décrire le derrière de la jolie Toué qui évoque, pour lui : « ... *un beau melon qui aurait poussé au soleil de minuit* », les fesses : « *de crème mêlée de framboises* », le cul « *ferme comme une pastèque dure et pulpeuse*[3] ».

1. *Lettres à Lou*, 4 janvier 1915, Gallimard.
2. *Poèmes à Lou*, XXXIV, III, *Œuvres poétiques*, Pléiade, Gallimard.
3. G. Apollinaire, *Les Onze Mille Verges*, Pléiade, Gallimard.

Les citrons, les incomparables citrons de Nice, embaument ses poèmes :

« Maintenant tu es au bord de la Méditerranée
Sous les citronniers qui sont en fleur toute l'année[1]. »

Sa tendresse est acquise aux maraudeurs de fruits, petits saltimbanques qui s'éloignent au long des jardins dont :

« Chaque arbre fruitier se résigne
Quand de très loin, ils lui font signe[2]. »

Et l'admirable poème du *Larron* :

[Chœur]

« Maraudeur étranger malheureux malhabile
Voleur voleur que ne demandais-tu ces fruits
Mais puisque tu as faim que tu es en exil
Il pleure il est barbare et bon pardonnez-lui

[Larron]

« Je confesse le vol des fruits doux des fruits mûrs
Mais ce n'est pas l'exil que je viens simuler
Et sachez que j'attends de moyennes tortures
Injustes si je rends tout ce que j'ai volé

(...)

« Il y avait des fruits tout ronds comme des âmes
Et des amandes de pomme de pin jonchaient
Votre jardin marin où j'ai laissé mes rames
Et mon couteau punique au pied de ce pêcher
« Les citrons couleur d'huile et à saveur d'eau froide
Pendaient parmi les fleurs des citronniers tordus
Les oiseaux de leur bec ont blessé vos grenades
Et presque toutes les figues étaient fendues[3]. »

1. *Alcools*, « Zone », *op. cit.*
2. *Alcools*, « Les Saltimbanques », *op. cit.*
3. *Alcools*, « Le Larron », *op. cit.*

Guillaume aime les raisins et, surtout, les pommes. Louis de Gonzague Frick, étrange jeune homme qui lit l'avenir dans les pétales de rose, débarque à l'aube, chez Guillaume, un matin de 1907. Coiffé d'un haut-de-forme et d'un monocle, sans un mot, il lui tend une pomme que Guillaume, en chemise et mal réveillé, croque aussitôt. Ils ne s'étaient pas vus, depuis le collège. Quand Guillaume sera malade, Louis lui apportera une pomme crue, tous les matins.

Terminant une nuit aux Halles, avec Moréas, Guillaume rêve, au carreau des fruits : « *C'étaient encore des écroulements d'oranges qui vous transportaient tout à coup dans un port de la Méditerranée. Machinalement, nos yeux se détournant, cherchaient la mer avec ses felouques, ses tartanes, ses lougres, ses brigantines et les deux mâts des polacres*[1]. »

D'où sort donc, sinon de son imagination gourmande, cette « neige de fraises » que Guillaume a élue comme dessert dans le festin royal de sa *Quatrième journée* ? Aucun livre de cuisine, récent ou ancien n'a pu m'en donner la recette. Allons ! Il va falloir que je l'invente.

1. *Portraits et Silhouettes*, mars 1911, Pléiade 2, Gallimard.

NEIGE DE FRAISES

C'est une version modifiée des classiques œufs à la neige où la crème anglaise est remplacée par une purée de fraises aromatisée au kirsch.

600 g de fraises « des quatre-saisons » ; 400 g de fraises des bois ; 200 g de sucre en poudre ; 1 verre à liqueur de vrai *kirsch (pas de kirsch dit « fantaisie » !) ; 10 blancs d'œufs ; 100 g de sucre en poudre ; 1 pincée de sel.*

Laver, équeuter les fraises. En réserver une dizaine. Écraser le reste des fruits au mixeur avec le kirsch et le sucre. Verser l'ensemble dans un plat rond et creux et mettre le tout au réfrigérateur, pendant 2 heures.

Remplir aux 3/4 d'eau chaude un grand plat rond et creux, genre plat à gratin, mettre sur le feu. Battre les blancs d'œufs avec la pincée de sel, jusqu'à ce qu'ils soient à demi fermes. Ajouter le sucre en pluie et achever de battre le tout en neige très ferme. Quand l'eau du plat frémit (mais ne bout pas), puiser à la cuillère à soupe, des boules de blanc battu en neige — pas plus de 3 à la fois — les faire pocher 2 minutes dans l'eau chaude du plat ; les retourner délicatement, cuire 2 minutes encore. Les repêcher à l'écumoire et les poser sur un torchon propre pour les faire égoutter. Continuer l'opération avec le reste des blancs battus. Laisser en attente.

Au moment de servir, sortir le plat de purée de fraises qui doit être bien froide et poser dessus, en pyramide, les boules de neige. Parsemer le tout avec les fraises des bois gardées en réserve.

DU SINGE EN ATTENDANT DU BOCHE

« *Connaissais-tu, Guillaume, ce restaurant de la rue Caulaincourt où c'est en ce moment la mode d'aller manger une bourride, un homard à l'américaine, une perdrix aux choux ou quelque autre plat de haut goût ?* »

Cette question d'André Billy ouvre le petit livre si nostalgique qu'il consacra à son ami, en 1923[1], et les plats cités sont ceux que Guillaume aimait. Billy le connaissait si bien !

Guillaume, qui déteste les viandes saignantes, a une prédilection pour le pot-au-feu, le « bouilli » comme il dit, les daubes longtemps mijotées et les volailles bien rôties. Ses festins imaginaires de la *Quatrième journée* évoquent ce genre de plats dont il invente les noms : *Perdreaux rouges de la belle Toulousaine*, *Côtelettes de levraut Crébillon*, *Poularde du Passeur* ou *Noix de jambon Cambacérès*.

La gourmandise de Guillaume sera évidemment obligée de se restreindre, quand il sera au front, mais sûrement moins qu'en 1902, lorsqu'il écrivait à son ami Onimus : « *... à Paris, hiver difficile. On arrive à croire qu'on mangera des briques (...) à la maison je bouffe avec un hareng.* »

Notons que, dans sa correspondance de guerre, l'artil-

1. A. Billy, *op. cit.*

leur Kostrowitsky ne se plaint pas trop de l'ordinaire. S'il réclame à Toussaint Luca — alors sous-préfet de Lodève — de ces volailles qui sont réputées dans ce pays, il se réjouit du menu de Noël 1914, servi aux soldats : « *À l'appel (...) deux barres de chocolat (...) à 10 heures, 1/2 repas : lapin, salade avec œufs durs et anchois, gruyère, confiture, cigare et café. Ce soir, il y a dinde...* » Et, un peu plus tard (7 janvier 1915) : « *On a mangé épatamment : bouillon, bœuf et pois chiches aux oignons et au vinaigre.* » Il se réjouit d'avoir mangé « *un anchois aux oignons* », en guise de petit déjeuner, annonce « *une fougasse qui est la fouace de Rabelais sans doute et ressemble aux fougassettes de Grasse. Te souviens-tu ? Elles sentaient la fleur d'orange* ». Et il annonce : « *avons pris d'assaut une pâtisserie*[1] ».

Guillaume participe aussi aux braconnages et maraudages classiques des soldats en campagne, pour améliorer l'ordinaire : « *... les escargots foisonnent et nous les mangeons ainsi que les asperges des potagers abandonnés*[2] » ; ou encore : « *Des lièvres déboulent et des compagnies de perdrix s'élèvent dans d'anciens champs labourés mais les gendarmes sont là pour interdire toute chasse*[3]. »

Été 1915. Sur le front de Champagne, nos canons lourds abattent les *Taubes* et le brigadier Kostrowitsky, qui sera bientôt maréchal des logis, écrit des lettres d'amour dont la principale destinatrice est en train de changer. Madeleine succède à Lou. Mais si le prénom change, les mots sont souvent les mêmes. Ainsi font les hommes. Dans les tranchées françaises, les minets en bleu horizon fredonnent la chanson de Mme Fréhel qui est à la mode, à Paris comme à Berry-au-Bac : « *Sur les*

1. *Lettres à Lou*, Gallimard.
2. Lettre à Paul Guillaume, 16 mai 1915, *Œuvres complètes, Correspondance*, Éd. Balland et Lecat.
3. Lettre à André Level, 3 mai 1915.

bords de la Riviera... où murmur' une bris' embaumée... » Ils entendent les Boches qui, de leurs tranchées, les narguent en français par une chanson idiote mais qui réveille l'appétit de Guillaume :

« Ah ! qu'ils sont bons quand ils sont cuits
Les macaronis... »

L'appétit de Guillaume, justement, se teinte d'un patriotisme quelque peu cannibale, dans un poème épistolaire adressé à son ami Fernand Divoire :

« Nous nous mangeons du singe en attendant du Boche
Ma foi se pourrait bien que cet instant fût proche
Car après la victoire on les convierait bien
En beaux rôtis saignants (Il nous faut tout ou rien)[1]. »

Pour une fois qu'il accepte de la viande rouge !

1. Poèmes épistolaires, 26 août 1915, *Œuvres poétiques*, Pléiade, Gallimard.

TOUR DE TAILLE ET PETITS-FOURS

« Avant de mal juger un homme maigre, il faut se renseigner. C'est peut-être un ancien gros. »
Fernand POINT

Le revers de la médaille quand on se laisse aller à la gourmandise, comme Apollinaire, c'est l'embonpoint. Il faut choisir entre la sobriété qui vous fait rayer les baignoires et la bombance qui vous fait quintupler de volume. Guillaume avait choisi la bombance et le centurion baraqué, décrit par Salmon et Max Jacob, au temps du *Bateau-Lavoir*, s'était transformé, en dix ans, en un gros monsieur boudiné dans ses vêtements. Déjà, en 1911, le critique Adrien Van Bever lui lançait méchamment : « *Vous habitez rue Gros et cela vous va bien*[1] *!* » En 1914, Guillaume, de sa caserne de Nîmes, écrit à Paul Léautaud : « *Ici, je ne maigris point, malgré les exercices violents.* »

A-t-il souffert de son obésité, ce Méridional si coquet, cet homme si soucieux de plaire et d'être aimé des femmes ? Il est vrai que celles qui comptèrent dans sa vie,

1. P. Léautaud, *op. cit.*

d'après les photos que nous avons d'elles, sont loin d'être des reines de beauté, à part Annie Playden, assez jolie. Marie Laurencin avait un visage ingrat — « laide mais charmante », comme la décrira Guillaume à Madeleine, en juillet 1915 — ; Lou, pas très belle non plus ; Madeleine Pagès avait des yeux à fleur de tête et des dents qui lui sortaient de la bouche. Même Jacqueline, la « jolie rousse », avait un visage épais et un gros nez.

Ses amis peintres, Picasso, Vlaminck, Modigliani, Marcoussis, ne l'épargnent pas dans les portraits et les dessins souvent caricaturaux qu'ils font de lui. Guillaume protestera contre le portrait de Marie et de lui, *Le Poète et sa Muse*, peint par Rousseau en 1908. S'y trouvant très laid, il voudra remiser le tableau dans sa cave et, finalement, le vendra à un marchand.

Parfois, il fanfaronne sur son tour de taille. En 1915, il écrit à Louise Faure-Favier : « *J'ai trente-quatre ans et un mètre de tour de taille !* »

Il est très lucide sur son aspect physique. En janvier 1915, il envoie une photo de lui, en artilleur à Rouveyre où il figure dans une pose avantageuse, qu'il corrige par ce commentaire : « *... cette photographie où j'ai pris l'air de Mars quand il attend Vénus* ».

Il confie à Madeleine à laquelle il fait une cour assidue par correspondance et qu'il demandera même en mariage, qu'il a de bonnes dents « ... *mais mal rangées dans le haut j'en ai une qui rentre* ». Et encore : « ... *il ne faut pas vous faire une trop grande idée de moi. Prenez-moi comme je suis : pas laid mais certes plus beau, oh non ! J'ai été un enfant d'une grande beauté et joli quand j'étais jeune mais maintenant, je ne suis pas beau. Pas difforme du tout, beaucoup de cheveux, mais je me trouve presque laid bien souvent*[1]. »

Autre description de lui-même à sa « marraine », « ... *je ne suis pas extrêmement grand (1m 72)* — il se gran-

1. *Tendre comme le souvenir*, 5 août 1915.

dit ! — *j'ai les cheveux plutôt blonds foncés* (sic) *et cendrés que bruns avec le poil plutôt fauve. Mes yeux sont moins beaux, moins sombres et moins jaloux que lorsque j'écrivais la nouvelle sur Laquedem*[1] ».

Bref, Guillaume a choisi la bombance et ce n'est ni sa blessure à la tête, en 1916, ni ses deux trépanations qui freineront sa gourmandise.

Hors-d'œuvre cubistes, orphistes, futuristes, etc.
Poisson de l'ami Méritarte
Zone de contrefilet à la Croniamental
Acrelin de chapon à l'Hérésiarque
Méditations esthétiques en salade
Fromages en cortège d'Orphée
Fruits du Festin d'Ésope
Biscuits du Brigadier masqué
Vin blanc de l'Enchanteur
Vin rouge de la Case d'Armons
Champagne des Artilleurs
Café des Soirées de Paris
Alcools

Tel est le menu du banquet que ses amis offrent à Apollinaire, le 30 décembre 1916, dans la grande salle du palais d'Orléans, avenue du Maine où, naguère on avait aussi fêté Verlaine. Quatre-vingts convives menés par Juan Gris. On reconnaît, dans la foule, les vieux amis : Salmon, Max Jacob, Picasso, Rachilde, Rouveyre, etc. Et Dalize qui sera tué à la guerre, quelques semaines plus tard. Atmosphère houleuse dès l'entrée car la distribution des places a donné lieu à quelques frictions. Ce sera pire encore quand, le vin de Chinon aidant, des convives surchauffés interrompront les discours, échangeant quolibets, insultes et boulettes de mie de pain, à propos de l'art cubiste. Guillaume, un peu pâle mais souriant

1. G. Apollinaire, *Lettres à sa marraine*, *Œuvres complètes*, Éd. Balland et Lecat, 1966.

préside, en tenue de sous-lieutenant, le pansement de sa tête orné d'un cabochon. Quand, dans la nuit, ils sortiront du palais d'Orléans, des tirailleurs sénégalais permissionnaires qui logent dans les dépendances salueront Apollinaire au passage en lui disant : « *Y a bono tam-tam, Apollinaire !* [1] »

Réformé pour sa blessure de guerre mais toujours sous autorité militaire, Guillaume sera affecté au Bureau de la Censure, à la fin de juin 1917. En même temps, il a repris une activité littéraire intense.

Tous les mardis, à six heures du soir, il trône au *Café de Flore*, devant un Picon-citron, entouré de ses amis et d'une cour de jeunes écrivains comme Cendrars, Breton ou Philippe Soupault, un poète de vingt ans. Il a soumis à Guillaume son premier poème : *Départ*, que Guillaume a fait publier à la revue *SIC* et il le reçoit amicalement au « pigeonnier ».

Dans ses Mémoires [2], Soupault racontera et le « pigeonnier » et la gourmandise de son locataire.

« ... je n'ai jamais vu un appartement aussi bizarre. Des pièces minuscules (comment avait-on pu faire entrer ses nombreux meubles, un lit gigantesque, des armoires ventrues...) et des couloirs interminables qui étaient devenus son bureau de travail et sa salle à manger.

« Sa salle à manger, comme il y était bien ! C'était une toute petite pièce, éclairée par une fenêtre à tabatière, avec une mauvaise petite table, des chaises presque boiteuses, des assiettes ébréchées. Quand Apollinaire s'y tenait, on se serait cru dans le palais d'un roi. Il fumait, rouge et souriant, heureux et fier. Il allait manger. Et tout

1. Raconté par L. Faure-Favier, *op. cit.*
2. Philippe Soupault, *Mémoires de l'oubli* (1897-1927), Éd. Lachenal et Ritter, 1986.

était étrange. On ne regardait plus les chaises, les rideaux, la lumière basse. On ne voyait plus que sa joie, son sourire et son appétit. Il aimait tout : les escargots et les caramels, les glaces et les concombres, tout enfin. Ce qu'il préférait, c'étaient les tripes et les petits-fours glacés. Il vous faisait aimer tout cela, à cause de sa gourmandise. Je le surpris un jour avec Paul Léautaud, dans cette petite pièce qu'il appelait salle à manger, en train de manger des petits-fours. Eh bien, malgré tout, malgré la poussière, malgré Paul Léautaud, ces petits-fours me parurent excellents. »

Même son de cloche chez Vlaminck qui retrouve Guillaume en 1918, quelques mois avant sa mort : « *Les soirées que nous passâmes ensemble à cette époque, sont demeurées pour moi, inoubliables. Il avait conservé son merveilleux appétit et, à chaque dîner, il engloutissait du jambon, de la viande rouge, un perdreau et une demi-bouteille de fine*[1]... »

Guillaume aime beaucoup le grand Vlaminck qui l'amuse. Il hurle de rire quand celui-ci lui décrit Cocteau comme « ... le fils spirituel de Picasso et de Max Jacob, mis en nourrice chez la comtesse Anna de Noailles ». Ou quand il affirme : « J'aime mieux coucher avec un cul qui a de beaux yeux qu'avec une cervelle. »

1. Vlaminck, *Portraits avant décès*, Flammarion, 1943.

POÈMES EN FORME DE CROIX DE GUERRE

Si Guillaume, en 1918, a conservé son appétit et sa gourmandise, s'il lui arrive encore de rire avec Vlaminck, il a pourtant terriblement changé, depuis sa blessure de 1916. Ses amis le remarquent tous. « *Un Apollinaire irascible et concentré, à l'œil éteint, au front lourd, voilà ce que la trépanation avait fait*[1]. »

Il a pris une tournure d'esprit paranoïaque qui s'exprime déjà dans les dernières lettres qu'il adresse à Madeleine Pagès, sa fiancée oranaise, juste avant la rupture : « *Je ne peux voir personne que je connaisse. Je n'écris ni à mon frère ni à maman et je n'ai pas vu maman depuis le 15 avril. Elle est désolée mais je ne peux pas. Je suis devenu très émotionnable et ça ne s'apaisera que lentement* (...). *Je suis dégoûté de Paris on s'y occupe si mal de la guerre, je suis désespéré de ça* (...). *Toutes les places sont prises par les embusqués, pas grand'chose à faire pour ceux qui ont fait la guerre* » (26 août 1916). Et dans la dernière lettre qu'elle recevra de lui : « *Je suis fatigué et il y a si peu d'amitié pour moi en ce moment à Paris que j'en suis navré. L'égoïsme est partout* (...). *Je ne suis plus ce que j'étais à aucun point de vue et si je m'écoutais je me ferais prêtre ou religieux*[2]. »

1. A. Billy, *op. cit.*
2. 23 novembre 1916, cité par André Rouveyre, *op. cit.*

Il croit que tout le monde lui en veut. Il accuse le Dr Mardrus, qui habite son immeuble, de vouloir empoisonner sa chatte. En cet automne 1916, les Goncourt vont le mépriser une fois de plus, en préférant *Le Feu* d'Henri Barbusse à son *Poète assassiné*, ce qui n'arrange rien.

En même temps, il est pris d'une fureur nationaliste et cocardière. À peine sorti de convalescence, il se précipite à *La Belle Jardinière* pour se faire faire un superbe uniforme. Il a emmené Rouveyre avec lui pour prendre son conseil sur le choix de l'étoffe, la coupe, etc. « *À l'essayage aussi, où je vins, ce fut encore plus minutieux. Il fallait que je sois bien attentif. Il se faisait trop serrer, c'était mon avis, et de vouloir ainsi contenir sa corpulence, il l'étalait. Mais il avait l'air si content que je n'osais rien dire.* »

Il ira ensuite, parader en uniforme au *Mercure de France* où il remportera un vrai succès. « *On admirait*, dit Rouveyre, *cet air de ténor marseillais d'opéra-comique qu'il avait, avec une double barbiche à la Tartarin, où son caprice s'était plu*[1]... »

En 1917, Guillaume écrira dans *La Baïonnette*, un article d'un patriotisme exacerbé qui agacera ses jeunes amis Soupault et Breton, malgré l'admiration qu'ils ont pour lui. Et Cocteau signalera dans une lettre à Valentine Gross : « *Misia ne quitte plus Apollinaire qui fait des poèmes en forme de croix de guerre.* »

La croix de guerre, il l'a reçue mais il est profondément blessé de ne pouvoir obtenir la Légion d'honneur à laquelle sa blessure lui donnerait pourtant droit. Guillaume, Français d'adoption, convoite évidemment cette décoration, et beaucoup plus encore que les Français de naissance. Mais la Grande Chancellerie — plus pointilleuse à cette époque qu'aujourd'hui, dans la distribution de ses rubans rouges — lui refusera cette joie, à cause de la vieille histoire des statues volées au Louvre et du

1. A. Rouveyre, *op. cit.*

nom d'Apollinaire qui a figuré dans le scandale, malgré la mention de non-lieu qui figure dans son dossier.

Guillaume connaît, rue du Vieux-Colombier, une marchande de bric-à-brac, poète, et qui, tous les jours, affiche un poème, dans la rue. Guillaume vient lire le poème, rentre chez lui, écrit un billet à la brocanteuse-poète et revient, le lendemain, lire la suite. Il entraîne Carco, un jour, pour lire la réponse et, très vexé, découvre ces deux vers de la marchande :

> *« Voyez ce bon gros militaire*
> *Glorieux de sa fourragère*[1]. »

L'une de ses marottes, à cette époque, c'est la repopulation. Il déplore que les Français ne fassent pas assez d'enfants et, dit-il, s'ils ne font pas d'enfants, c'est qu'ils ne mangent pas assez. Dans une de ses chroniques, il propose : « *Je voudrais que les soldats, et avant tout les officiers prissent l'habitude de faire le salut militaire aux femmes enceintes*[2]. »

1. F. Carco, *op. cit.*
2. *La Vie anecdotique*, 16 janvier 1917, Pléiade 3, Gallimard.

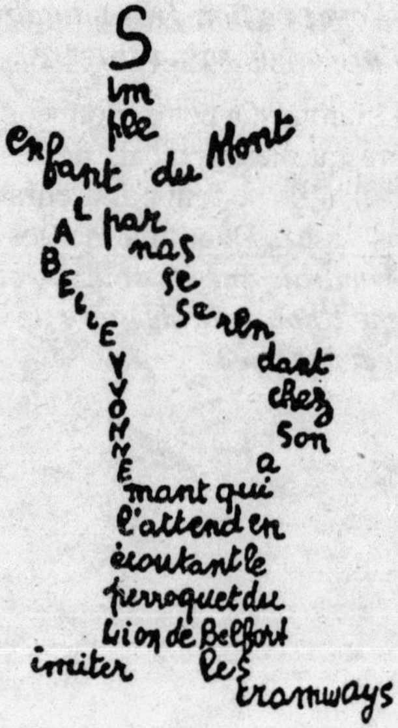
S
im
ple
enfant du Mont
L par
A nas
B se
E se ren
L dant
L chez
E son
Y a
V mant qui
O l'attend en
N écoutant le
N perroquet du
E Lion de Belfort
imiter les
tramways

TRUFFES EN PAPILLOTES ET EN DIVERSES SALADES

« On les laisse cuire entourées de lard dans une papillote. Chabert les mange avec du beurre frais. Salade, pommes reinettes, pommes de terre, truffes ; salade, truffes, fonds d'artichaut ; salade sans huile (recette personnelle à moi : topinambours cuits et revenus avec lardons, truffes, vinaigre de vin)... »

Le 17 février 1918, Guillaume hospitalisé à l'hôpital de la Villa Molière, avec une congestion pulmonaire, a tout de même la force et l'appétit de noter les recettes ci-dessus, dans son journal intime. M. Chabert est un ancien garde national de 70 qui vient le visiter tous les jours à l'hôpital.

L'ASSIETTE FIXE

J'ai sous les yeux l'acte du mariage religieux, le 2 mai 1918, à Saint-Thomas-d'Aquin, de Guillaume Kostrowitsky, dit Guillaume Apollinaire, homme de lettres, actuellement sous-lieutenant d'infanterie, né le 26 août 1880 et baptisé le 29 septembre de la même année, avec Amélia, Emma, Louise Kolb, artiste peintre, née le 29 septembre 1891 et baptisée le 11 octobre de la même année, au Tholy, Vosges, diocèse de Saint-Dié. Témoins : Lucien Descaves, homme de lettres ; Pablo Picasso, artiste peintre ; Ambroise Vollard, homme de lettres et Gabrièle Picabia, musicienne.

C'est en 1914 que Guillaume a rencontré cette Amélia, dite Jacqueline, dite Ruby (à cause de ses cheveux), chez le poète Jules-Gérard Jordaens — tué depuis, en 1916, au Bois-des-Buttes —, avec lequel elle vivait. Puis Guillaume ne l'a plus revue, jusqu'à ce jour du début de 1917 où, par hasard, il la rencontre à la porte du grand magasin *Le Printemps*. Ils ne se quitteront plus.

On sait finalement peu de chose sur cette Ruby-Jacqueline, sinon ce que diront, en 1943 à Paul Léautaud André Billy et Adéma : son caractère un peu paysan, têtue, se dérobant toujours, ne disant jamais non mais non plus jamais oui, elle fume le cigare et la pipe ; elle sera extrêmement jalouse de l'aventure brûlante et fugace de Guillaume avec Lou (après la mort d'Apollinaire, elle interdira longtemps la publication des *Lettres à Lou)*.

Coup de foudre ?

André Rouveyre qui connaît très bien son Guillaume, a son idée, là-dessus. « *Apollinaire*, dit-il, *avait toujours songé avec prédilection au mariage reposant, à l'assiette fixe* (...) *cela avait passé en perspective à son esprit, au cours de ses amours les plus vifs*[1]. »

L'assiette fixe ! Idée confortée par ce jugement de Vlaminck, également familier depuis longtemps, de Guillaume : « ... *sous ses allures de bohème, Guillaume Apollinaire tenait du bourgeois ; il aimait ses aises, la bonne chère, son confort, son intérieur, ses bibelots et, chose paradoxale, il était dans sa vie privée, fort ordonné*[2]. » Et même maniaque. Fernande Olivier raconte que lorsqu'elle allait dîner avec Picasso chez Guillaume, du temps qu'il était l'amant de Marie Laurencin, il interdisait de s'asseoir sur son lit ou d'y poser le moindre objet, afin de ne pas faire de faux plis sur le couvre-pieds. Marie avait même confié à Fernande que Guillaume l'obligeait à faire l'amour dans un fauteuil, inconfortable, pour ne pas chiffonner son beau dessus-de-lit [3] !

Quand il retrouve Jacqueline, il est fatigué, sa santé est chancelante — il n'a plus qu'un an à vivre ! — il a besoin d'être *materné*, pris en main et il n'a pas envie, à trente-sept ans, de se remettre au pouvoir de sa mère, qu'il aime mais qui l'épouvante.

Bref, le célibat lui pèse. Jacqueline, personne calme et pas mauvaise cuisinière, de onze ans sa cadette, apparaît à ce moment-là et elle est la bienvenue. Elle va remettre de l'ordre au « pigeonnier », lui permettre d'inviter ses amis sans souci. C'est l'assiette fixe. Peu de temps après son mariage, Guillaume invite ainsi Louise

1. A. Rouveyre, *op. cit.*
2. Vlaminck, *op. cit.*
3. F. Olivier, *Picasso et ses amis.*

Faure-Favier : « *Venez déjeuner un de ces jours — même au galop — cela ne vous prend pas plus de temps que d'aller au restaurant. Venez au hasard.* » Et Louise de conclure : « *Ce fut un déjeuner impromptu (...). Apollinaire semblait jouer au chef de famille, heureux d'avoir pour vis-à-vis sa jeune femme qui restait gracieuse dans sa besogne de ménagère*[1]. »

Pour Jacqueline, c'est autre chose. Elle a déjà vingt-six ans, quand elle retrouve Guillaume, l'âge où les filles encore célibataires commencent à paniquer, surtout en 1917. Ce gros Guillaume est fatigué et quelque peu diminué par sa blessure de guerre mais enfin il est Guillaume Apollinaire, poète connu, très fêté, et les hommes à marier, après la terrible saignée de la guerre, sont rares. Pourquoi tant de jeunes filles sont-elles volontaires, ces années-là, pour aller soigner les jeunes hommes blessés dans les hôpitaux ?

Louise Faure-Favier qui conservera toujours une grande amitié pour Marie Laurencin qu'elle a essayé mais vainement, de rapprocher de Guillaume, en 1913, approuvera pourtant ce mariage : « *Ma sincère amitié pour Apollinaire ne pouvait que se réjouir de le voir heureux et enfin fixé dans l'existence stable qu'il souhaitait*[1]. »

On devine que la réaction de Mme de Kostrowitsky, qui apparemment n'a même pas été invitée au mariage de son fils, sera moins joyeuse. Elle détestera Jacqueline qui le lui rendra bien : le 9 novembre 1918, cette dernière ne préviendra la mère de Guillaume, par télégramme, que lorsque son fils sera mort. Et il y aura une scène gratinée, entre les deux femmes, boulevard Saint-Germain, quand Angélica arrivera, mais trop tard.

Heureux, Guillaume ? Comblé par sa vie conjugale ? Ce qui est curieux c'est qu'à peine marié, il expédie

1. L. Faure-Favier, *op. cit.*

Jacqueline pour un mois en Bretagne — sous prétexte que la « grosse Bertha » tonne sur Paris — où il ira la rejoindre, le temps d'une permission, pendant laquelle, dans une lettre à sa « marraine », il prévoit : « *L'an prochain, j'enverrai peut-être ma femme dans le Midi. Je suis au bord de l'océan, ou plutôt nous sommes, puisque je suis auprès de ma femme. J'avais un très grand besoin de repos*[1]. »

Si Guillaume est très fatigué, c'est qu'il n'arrête pas de travailler pour gagner sa vie et celle de Jacqueline : « *Je le vois, vers la fin de la guerre, peinant à des travaux ingrats et mercenaires dont il tirait la matérielle. Pauvre Guillaume Apollinaire ! Il restait sur la brèche, luttant jusqu'au dernier moment, se dépensant, se déchirant*[2]. »

Il prépare des catalogues d'expositions, court à des réunions poétiques de *Lyre et Palette*, rue Huyghens, présente *Parade*, fait des piges pour *Excelsior* pour *L'Europe nouvelle*, etc. Il met en forme son roman *La Femme assise*, y glissant sous le nom de Corail, une Ruby pour laquelle il n'est pas tendre : « *Vous n'êtes plus qu'une ombre et moi, je ne suis même pas une ombre. Vous ne me voyez pas. Vous ne m'imaginez pas. Nous sommes séparés par la mer*[3]. » Il écrit, écrit, écrit, comme s'il pressentait ce qui va arriver.

Le 10 mai 1918, il confie à Jeanne Yves-Blanc : « *Je ne suis pas encore bien remis de ma congestion pulmonaire. J'ai en outre, une sorte de maladie de peau, causée par une intoxication alimentaire que l'on me soigne en ce moment. Vous voyez que je n'ai que peu de temps à moi. Joignez à cela que je me lève à 5 heures du matin pour aller au journal* L'Information, *traduire les*

1. 7 août 1918.
2. F. Carco, *op. cit.*
3. Pléiade 3, Gallimard.

journaux anglais, vous aurez une idée des occupations qui peuvent remplir ma journée [1]. »

Mais l'humour, parfois, l'emporte encore sur la fatigue. Le 31 octobre 1918, il rédige une chronique pour le journal *Excelsior*, qui sera sans doute la dernière et qu'aucun journal aujourd'hui — par prude souci d'écologie — n'oserait plus passer :

« DE LA VIANDE !

« La viande est rare, la viande est chère ; pourtant, la victoire nous met en appétit. Il y aurait bien un moyen de nous contenter : on nous avait promis de la baleine, qu'on nous donne de la baleine !

« Une baleine, c'est un mammifère au même titre qu'une vache, n'est-ce pas ? Le rôti en est fort savoureux assure-t-on, avec un petit goût relevé des plus agréables.

« Or, comme l'été dernier, une seule compagnie baleinière anglaise a capturé, par ses flottilles réunies, neuf cent vingt-huit de ces cétacés ; comme, d'autre part, nous imaginons qu'une baleine a environ les dimensions de la saucisse qui veille aux barrières du Luxembourg, nos yeux s'agrandissent à songer à tant de viande, et nos ceintures se desserrent d'elles-mêmes.

« Qu'on nous donne de la baleine ! »

Et, toujours en 1918 et de la même farine, cette recette pour le *Mercure de France :*

1. *Id.*

LE HÉRISSON

Au dîner du Hérisson qui eut lieu récemment à Washington (Derbyshire), on en servit de bouilli et de rôti.

Les connaisseurs en cuisine des gypsies *ne sont pas d'accord sur la meilleure recette pour préparer ce mets succulent.*

Plusieurs estiment qu'il est surtout bon en civet, à la façon du lièvre, duquel il se rapproche par le fumet.

La plupart pensent que la meilleure façon de le préparer est de l'envelopper de terre glaise et de le cuire ainsi à l'étouffée.

On tue le hérisson d'un coup, on le nettoie, on le sale et on le poivre, on l'entoure de terre glaise et on le met ainsi dans la braise. En quelques minutes la glaise est cuite et commence à craqueler et quand on retire le rôti du feu, en même temps que la glaise s'en vont les piquants et la peau du hérisson dont il reste la chair exquise et tendre qui tient le milieu entre le jeune porc et le poulet. On la mange avec du cresson en salade, ou avec de l'oseille cuite. Ainsi l'enseigne M. Harwood Brierley, le grand maître en l'art de manger le hérisson.

Du reste, si vous n'en mangez pas, ne le méprisez pas et surtout ne le tuez pas. Le hérisson est très utile dans un jardin qu'il débarrasse de ses parasites. Emportez-le et mettez-le dans votre potager.

E

Trange maison sans portes

E
T
S
A
N
S
F
E
N
Ê
T
R
E
S

qui se trouve à Montparnasse et où vivent

Gui
llau
me
Apolli
nai
re

et
venir
l'a
dain
le dé
gret
le re
avec
poète
et
peintre
000
100.

MAX QUI VOYAIT TOUT

Vous voulez connaître Paris
Vous connaissez de son pavé
Les raies sur lesquelles il ne faut pas que l'on marche

G. APOLLINAIRE [1]

Guillaume, poète et magicien, croyait aux signes et aux sortilèges. « *Guillaume*, dit Vlaminck, *était attiré, troublé par l'étrange. Il était superstitieux. Il rendait visite aux somnambules ; il croyait à l'avenir dévoilé par les cartes ; évitait de passer sous une échelle* [2]. »

Dans *La Vie anecdotique*, Apollinaire raconte sa visite à la voyante Violette Duroy. Guillaume a été très impressionné par ce qu'elle lui a dit de son passé et, plus encore, par la prédiction (réalisée) de son incarcération à la prison de la Santé [3].

Il avait aussi la superstition du bleu, voyait dans certaines cheminées de son toit, de sinistres présages et, enfantin, évitait de marcher sur les jointures des trottoirs.

Au début de novembre 1918, Vlaminck verra son ami pour la dernière fois : « *Huit jours avant sa mort, ma*

1. *Œuvres poétiques, Il y a Montparnasse*, Pléiade, Gallimard.
2. Vlaminck, *op. cit.*
3. *La Vie anecdotique*, 11 octobre 1911.

femme et moi, nous déjeunions chez lui. Du sel fut renversé sur la nappe. Il en demeura attristé, inquiet. Puis pour je ne sais quel détail du service sa femme et lui se disputèrent. Nous sortîmes ensemble. Il allait à Excelsior *et nous accompagna un bout de chemin. Le soir, il rentra, se sentant malade et se coucha avec 40° de température. Rescapé de la Guerre, il ne voulait pas mourir*[1]*.* »

Comme Max Jacob, Guillaume avait parfois des fulgurances prophétiques. Ainsi, ce poème, écrit en 1917 pour son ami Pierre Varenne :

Des cloches sonnent dans Paris
Il me semble que c'était avant la guerre

Le vieux monde pleure encore
Voici
venir
les
Il était si doux si joli
bannières
Démocratiques
Que de choses bonnes pour les antiquaires
ô
Cortèges *Depuis*
ô *depuis la guerre*
Fanfares
ô *Maintenant tout est énorme*
Tumultes *Et il me semble que la paix*
Sera aussi monstrueuse que la guerre

Le tic tac de mon réveille-matin

O temps de la tyrannie
Démocratique
Beau temps où il faudra s'aimer les uns les autres
Et n'être aimé de personne
Ne rien laisser derrière soi
Et préparer le plaisir de tout le monde
Ni trop sublime ni trop infime[2]

J'entends encore
les cloches

1. Vlaminck, *op. cit.*
2. G. Apollinaire, « Orphée », *Œuvres poétiques*, Pléiade, Gallimard.

Spirite, Guillaume allait faire tourner des tables chez Rachilde et aussi, avant la guerre, chez Marie Laurencin, dans son salon bleu de la rue La Fontaine.

C'est là qu'un soir de 1913, s'étaient réunis le poète Adolphe Lacuzon, Guillaume, Max Jacob, Dalize, Fernand Fleuret qui était médium, et Louise Faure-Favier qui racontera la soirée. Guillaume, de bonne humeur, improvisa des quatrains pour dire aux autres leurs vérités. Puis, Max Jacob, soudain, proposa de lire l'avenir dans les mains et toutes se tendirent vers lui. À Dalize, il annonça qu'il mourrait, le premier de tous (ce qui fut, en effet) ; à Louise, qu'elle monterait très haut (par la suite, elle sera aviatrice). À Marie, Max annonça qu'elle vivrait pendant de longs mois à l'étranger mais qu'elle reviendrait à Paris (Marie qui épousera un Allemand, à la veille de la guerre, vivra pendant six ans en Espagne, Suisse et Allemagne, avant de revenir à Paris, en 1920).

Quand vint le tour de Guillaume, Max Jacob lui dit : « Tu n'entreras ni à *La Revue des Deux-Mondes*, ni à l'Académie française. Je vois une vie courte et la gloire après la mort. » Max évita de justesse la claque que Guillaume, inquiet et furieux de cette prédiction, lui envoya, car il avait été témoin que les prophéties de Max, souvent, se réalisaient.

On tenta de le calmer. Mais Max, en souriant, ajouta : « Les dieux appellent à eux de bonne heure ceux qu'ils protègent. »

Alors Guillaume le traita de con.

25 juin 1994

BIBLIOGRAPHIE

Guillaume Apollinaire : *Œuvres complètes*, Pléiade 1, 2, 3. Gallimard.

Œuvres poétiques, Pléiade. Gallimard.

Œuvres complètes et *Correspondance*. Balland et Lecat.

Lettres à Lou. Gallimard.

Correspondance Apollinaire-Level.

Journal intime, 1898-1918, Éd. du Limon, 1991.

Correspondance Picasso-Apollinaire, « Arts et Artistes ». Gallimard.

Correspondance avec son frère et sa mère, Librairie José Corti, 1987.

A. Billy, *Apollinaire vivant*, La Sirène, 1923.

Le Pont des Saints-Pères, Fayard, 1947.

Propos du samedi, Mercure de France, 1968.

P. Cabanne, *Le Siècle de Picasso* 1&2, « Essais », Folio. Gallimard.

J.-P. Crespelle, *La Vie quotidienne à Montmartre*. Hachette.

P. Daix. *Picasso au Bateau-Lavoir*. Flammarion.

L. Daudet. *L'Homme et le Poison*. Nouvelle Librairie nationale, 1925.

M. Decaudin, *Apollinaire*. Librairie Séguier-Vagabondages, 1986.

L. Faure-Favier. *Souvenirs sur Apollinaire*. Grasset, 1945.
« Le Flâneur des deux rives ». *Bulletin d'études apollinariennes*, n° spécial, déc. 1954.
Paul Fort, *Mes Mémoires 1872-1943*. Flammarion, 1943.
Le Gastronome français, 1828, Imprimerie Balzac.
F. Groult, *Marie Laurencin*, Mercure de France, 1987.
A. S. Huffington, *Picasso créateur et destructeur*. Stock.
B. Kluver et J. Martin. *Kiki et Montparnasse*. Flammarion.
L. de Larmandie. *La Psychologie du goût*, 1909.
P. Léautaud, *Journal littéraire*. Mercure de France.
Mémoires du baron Mollet. Gallimard, 1963.
J. Médecin, *La Cuisine du comté de Nice*. Julliard, 1973.
F. Olivier, *Picasso et ses amis*. Stock, 1954.
Souvenirs intimes. Calmann-Lévy, 1988.
P. Pia, *Apollinaire*. Points-Seuil.
A. Rouveyre, *Apollinaire*. Gallimard, 1945.
Rimes et Raisons. Cahier spécial G. Apollinaire. Éd. de la Tête Noire, 1946.
Romi, *Histoire des festins insolites et de la goinfrerie*. Artulen, 1993.
A. Salmon, *Souvenirs sans fin*. Gallimard.
Ph. Soupault, *Mémoires de l'oubli*. Lachenal et Ritter.

Table

Du même auteur

aux Éditions Albin Michel

LA FANFARONNE

LE CHEMIN DES DAMES

LA PASSION SELON SAINT JULES

JE T'APPORTERAI DES ORAGES
Prix des Quatre-Jurys

LE BATEAU DU COURRIER
Prix des Deux-Magots

MICKEY L'ANGE

FLEUR DE PÉCHÉ
Grand Prix de la Ville de Paris

LE ROMAN DE SOPHIE TRÉBUCHET
Prix Kléber-Haedens

AMOUREUSE COLETTE

LE BAL DU DODO
Grand prix du roman de l'Académie française

PARIS EST UNE VILLE PLEINE DE LIONS
Photographies de Sophie Bassouls

LA PETITE MAIN

aux Éditions Herscher

AMOUREUSE COLETTE, *album illustré*

IMPRIMÉ EN FRANCE PAR BRODARD ET TAUPIN
Usine de La Flèche (Sarthe).
LIBRAIRIE GÉNÉRALE FRANÇAISE - 43, quai de Grenelle - 75015 Paris.
ISBN : 2 - 253 - 13979 - 3 31/3979/7